なぞの転校生《てんこうせい》

眉村《まゆむら》　卓《たく》／作　れい亜《あ》／絵

講談社 青い鳥文庫

目次《もくじ》

登《とう》場《じょう》人《じん》物《ぶつ》
広《こう》一《いち》
この物語《ものがたり》の主人《しゅじん》公《こう》。意《い》志《し》が強《つよ》く、負《ま》けず嫌《ぎら》い。
典《のり》夫《お》
広一《こういち》の家《いえ》の隣《となり》に越《こ》してきた、なぞ多《おお》き少年《しょうねん》。
みどり
広一《こういち》のクラスメート。典夫《のりお》に心《こころ》を許《ゆる》す。

異様《いよう》な少年《しょうねん》

よく晴《は》れた日曜日《にちようび》だった。

朝食《ちょうしょく》が終《お》わると、広一《こういち》はすぐバットとグラブを出《だ》して、でかける用意《ようい》をはじめた。

「あら、どこへ行《い》くの？」

母《はは》がたずねる。

「クラス対抗《たいこう》の試合《しあい》なんだ。」

広一《こういち》はちらっと時計《とけい》を見《み》ながら答《こた》えた。

「早《はや》く行《い》かなくちゃ。」

「勉強《べんきょう》したの？」

「広一《こういち》が自分《じぶん》で責任《せきにん》を持《も》つさ。」

奥《おく》の部屋《へや》で新聞《しんぶん》を折《お》り返《かえ》しながら父《ちち》がそういった。

「こんな団地《だんち》住《ず》まいじゃ、せいぜい運動《うんどう》でもしないと体《からだ》がなまってしまうからな。」

「行《い》ってきます。」

広一《こういち》は鉄《てつ》のドアをバタンと鳴《な》らして廊下《ろうか》へ出《で》た。廊下《ろうか》といっても、ここは戸数《こすう》の多《おお》いマンモス団地《だんち》で、左右《さゆう》にずっと通路《つうろ》がのび、ドアがいくつも並《なら》んでいる。

広一《こういち》はエレベーターに乗《の》ろうとして歩《ある》きだしながら、なにげなく隣室《りんしつ》のドアを見《み》た。

名札《なふだ》がかかっている！

ついきのうまで、ここは空室《くうしつ》だったのに、いつのまに引《ひ》っ越《こ》してきたんだろう。

彼《かれ》は足音《あしおと》をしのばせて、その六四〇号室《ごうしつ》に近《ちか》づいた。わずかに開《ひら》かれた窓《まど》の奥《おく》には、いつ運《はこ》び入《い》れたのか、ソファーや冷蔵庫《れいぞうこ》などがきちんと並《なら》んでいる。そればかりか、人《ひと》の話《はな》し声《ごえ》までしているのだ。

おかしいな……広一《こういち》は首《くび》をひねった。これだけの道具《どうぐ》を持《も》ちこむとすれば、一時間《じかん》や二時間《じかん》ではすむはずがない。とすれば、ゆうべのうちか、きょうの夜明《よあ》けにでも引《ひ》っ越《こ》してきたのかな……。

しかし、あまり長《なが》くは考《かんが》えていられなかった。軽《かる》い足音《あしおと》がドアの内側《うちがわ》へ近《ちか》づいてきたからである。

つぎの瞬間《しゅんかん》、六四〇号室《ごうしつ》のドアがあいた。

出《で》てきたのは、広一《こういち》と同《おな》じ年《とし》ごろの少年《しょうねん》である。が、それはどう見《み》ても、ただの日本人《にほんじん》ではなかった。髪《かみ》も、ひとみも黒《くろ》かったが、整《ととの》った顔《かお》だちといい、ひきしまった筋肉《きんにく》といい、まるでギリシャ彫刻《ちょうこく》を思《おも》わせるような美少年《びしょうねん》だったのである。

「何《なに》か……用《よう》ですか？」

少年《しょうねん》は、いった。

「いや……なんでもないんです。」

広一《こういち》はわれに返《かえ》ると、頭《あたま》をひとつさげてエレベーターの前《まえ》へ行《い》った。

ところが、少年《しょうねん》のほうも何《なに》か用事《ようじ》でもあるのだろう。広一《こういち》と同《おな》じエレベーターに乗《の》りこんできたのである。

なんだかへんな具合《ぐあい》だった。のぞき見《み》をしていた家《いえ》の人《ひと》とふたりきりで、同《おな》じエレベーターに乗《の》っているのだから無理《むり》もない。ふたりは、だまりこくったまま、体《からだ》をエレベーターの降下《こうか》の感《かん》覚《かく》にまかせていた。

突然《とつぜん》、ガタンと音《おと》がした。同時《どうじ》にエレベーターの中《なか》は真《ま》っ暗《くら》になったのだ。

停電《ていでん》らしい。

広一《こういち》は舌打《したう》ちした。急《いそ》いでいるというのに不運《ふうん》なことだ。こうなればとにかく外《そと》へ出《で》て、階段《かいだん》を降《お》りるほかはない。

非常連絡《ひじょうれんらく》のボタンを手《て》でさぐっていた広一《こういち》は、しかしぎょっとして振《ふ》り返《かえ》った。パッと閃光《せんこう》がひらめいたからである。

それは少年《しょうねん》のポケットライトらしかった。その光《ひかり》がしだいに収束《しゅうそく》し、小《ちい》さな円光《えんこう》になると、少《しょう》年《ねん》はライトをドアに向《む》けた。

たちまち塗料《とりょう》の焦《こ》げるにおいがした。つづいてドアが赤《あか》くなり、ゆっくりととけはじめたのである。

「きみ!」

広一《こういち》はおどろいて少年《しょうねん》を制止《せいし》した。

「そのへんなの、何《なに》か知《し》らないけど、ドアに穴《あな》をあけることなんかないよ!」

「ほっといてくれ!」

少年《しょうねん》はあえぎながら、そのレーザーにも似《に》た光《ひかり》の焦点《しょうてん》をジリ、ジリと移動《いどう》させている。

「やめろ!」

広一《こういち》がどなったとき、パッとエレベーターの照明《しょうめい》がともった。それとともに、ふたたびふたりの体《からだ》はゆっくり降下《こうか》しはじめていた。ほんのわずかなあいだの停電《ていでん》だったのだ。

広一《こういち》はドアに目《め》を近《ちか》づけた。十センチ平方《へいほう》ぐらいにわたって塗料《とりょう》がはげ、小《ちい》さな穴《あな》があいている。

「なんということをするんだい。」

少年《しょうねん》に目《め》を転《てん》じた彼《かれ》は、思《おも》わず口《くち》をつぐんだ。

少年《しょうねん》の目《め》は、異様《いよう》に大《おお》きく開《ひら》かれている。その顔《かお》は何者《なにもの》に対《たい》してか、憎悪《ぞうお》にみにくくゆがんでいた。

広一《こういち》の背《せ》をぞっとしたものが通《とお》りぬけていった。

この少年《しょうねん》は何者《なにもの》だろう……これほど恵《めぐ》まれた体《からだ》と顔《かお》を持《も》っていながら、エレベーターの中《なか》でほんのわずかのあいだとじこめられただけで、あんなぶっそうなものを持《も》ち出《だ》す——だいいち、あんな小《ちい》さなもので金属《きんぞく》をとかせるような道具《どうぐ》など、広一《こういち》はいままで聞《き》いたことも見《み》たこともなかった。

ドアがあいた。一階《かい》についたのだ。壁《かべ》に背中《せなか》をくっつけて、まだ息《いき》をはずませている少年《しょうねん》をそのままに、広一《こういち》はバットとグラブを持《も》つと外《そと》へとび出《だ》した。これ以上《いじょう》、へんな少年《しょうねん》になどかまってはいられなかった。

だが、広一《こういち》とその少年《しょうねん》の関係《かんけい》は、それだけではすまなかったのである。

そのことは翌日《よくじつ》の月曜日《げつようび》になってわかった。

転校生《てんこうせい》

みんな思《おも》い思《おも》いにノートをくったり、教科書《きょうかしょ》を読《よ》んだりしている。

一時間目《じかんめ》が始《はじ》まって十分《ぷん》も過《す》ぎたというのに、まだ先生《せんせい》はやってこなかった。

「大谷先生《おおたにせんせい》、おそいわね。」

隣席《りんせき》の香川《かがわ》みどりが広一《こういち》にささやく。

「何《なに》かあったのかしら。」

そのとき、教室《きょうしつ》に先生《せんせい》がはいってきた。いや、先生《せんせい》だけではない。ひとりの生徒《せいと》がそのうしろについていたのだ。

広一《こういち》は呆然《ぼうぜん》として教壇《きょうだん》を見《み》つめた。その少年《しょうねん》こそだれあろう、あのきのうの妙《みょう》な隣人《りんじん》だったのである。

クラスがちょっとざわめいた。少年《しょうねん》の美貌《びぼう》にいささかおどろいたのである。

「岩田《いわた》くん、何《なに》をしているの？」

大谷先生《おおたにせんせい》が鋭《するど》い声《こえ》でいい、広一《こういち》ははっと気《き》がついた。彼《かれ》はクラス委員《いいん》である。

「起立《きりつ》!」

広一《こういち》は叫《さけ》んだ。

「礼《れい》!」

二年《ねん》三組《くみ》の全員《ぜんいん》は、がやがやと席《せき》についた。

「きょうはこのクラスにひとり、新《あたら》しいお友《とも》だちを紹介《しょうかい》します。」

先生《せんせい》は少年《しょうねん》を教壇《きょうだん》に立《た》たせた。

「山沢典夫《やまざわのりお》くん……東京《とうきょう》から転校《てんこう》してきました。大阪《おおさか》は初《はじ》めてだそうですから、みんな仲《なか》よくやってください。」

それから少年《しょうねん》の肩《かた》に手《て》をかけた。

「さあ山沢《やまざわ》くん、自己紹介《じこしょうかい》をしなさい。」

「山沢典夫《やまざわのりお》です。」

少年《しょうねん》はちょっと微笑《びしょう》すると、静《しず》かに話《はな》しはじめた。きのうとは、似《に》ても似《に》つかぬ態度《たいど》だった。

「趣味《しゅみ》はべつにありません。得意学科《とくいがっか》というものもありません。それから乱暴《らんぼう》な人《ひと》はきらいです。ぼくはこの世界《せかい》——いや、この大阪《おおさか》で、できるだけみんなと仲《なか》よくやっていきたいと思《おも》っています……。」

「へえ！　美少年《びしょうねん》！」

香川《かがわ》みどりはいいながら、広一《こういち》の表情《ひょうじょう》に気《き》がついたのだろう、妙《みょう》な顔《かお》をした。

「あら、どうしたの？」

「い、いや、なんでもないんだ。ちょっとね。」

広一《こういち》はうやむやに返事《へんじ》をした。

そのときだ。

話《はな》している典夫《のりお》の視線《しせん》が、広一《こういち》に落《お》ちた。

広一《こういち》は典夫《のりお》を見返《みかえ》し、典夫《のりお》のほおがけいれんした。

ちょっとのあいだ、妙《みょう》な沈黙《ちんもく》があった。

「じゃ、席《せき》につきなさい。」

大谷先生《おおたにせんせい》がいった。

「すっかり時間《じかん》をとってしまったけど、これから授業《じゅぎょう》を始《はじ》めます。」

大谷先生《おおたにせんせい》の理科《りか》の授業《じゅぎょう》が始《はじ》まると、みんなはもう典夫《のりお》のことなど忘《わす》れたように、必死《ひっし》でノートをとりはじめた。この阿南中学校《あなんちゅうがっこう》というのは、大阪《おおさか》でも、有名公立高《ゆうめいこうりつこう》への進学率《しんがくりつ》がいいので有名《ゆうめい》だ。それだけに、ぼんやりしていると、たちまち成績《せいせき》が落《お》ちるので、うかうかしてはいられない

山沢典夫

のだった。

先生《せんせい》は、黒板《こくばん》に字《じ》や絵《え》を書《か》きなぐりながらどんどん授業《じゅぎょう》を進《すす》めていった。話《はなし》のあいだにもつぎからつぎへと生徒《せいと》に質問《しつもん》を浴《あ》びせる。答《こた》えられないと、そのうしろ、またそのうしろというふうに、一刻《いっこく》もゆだんができないように教《おし》えるのが、大谷先生《おおたにせんせい》のやり方《かた》だった。

広一《こういち》はノートをとりながら、ちらっと前《まえ》のほうにすわった典夫《のりお》を見《み》た。そしてぎょっとした。典夫《のりお》はノートをとっていない。いや、それどころか教科書《きょうかしょ》さえとじたままなのだ。腕《うで》を組《く》んで先生《せんせい》の話《はなし》をじっと聞《き》いているだけなのである。

「岩田《いわた》くん！」

声《こえ》がとんできた。

「太陽《たいよう》っていうのはどんな星《ほし》でした？」

不意《ふい》をつかれた広一《こういち》は、立《た》ちあがったまま一瞬《いっしゅん》先生《せんせい》の顔《かお》を見《み》つめて、ポカンとしていた。

大谷先生《おおたにせんせい》は首《くび》をかしげた。広一《こういち》がこんなふうになるのはめずらしかったからだ。先生《せんせい》は視線《しせん》をめぐらせて、こんどは山沢典夫《やまざわのりお》をゆびさした。

「はい、山沢《やまざわ》くん。」

典夫《のりお》がすっと立《た》った。

「太陽《たいよう》ですか？」

「わからない？」

「いいえ。」

「じゃ、いいなさい。」

「太陽《たいよう》は。」

典夫《のりお》は無表情《むひょうじょう》に、まるで暗唱《あんしょう》でもしているような口調《くちょう》で答《こた》えた。

「直径《ちょっけい》、地球《ちきゅう》の約《やく》百九倍《ばい》、恒星《こうせい》としてはG型《ジーがた》に属《ぞく》する中型《ちゅうがた》の星《ほし》で、第《だい》一種族《しゅぞく》のメンバーです。銀《ぎん》河系《がけい》の辺縁部《へんえんぶ》に位置《いち》し、その回転《かいてん》とともに一秒間約《びょうかんやく》……。」

「もうよろしい。」

先生《せんせい》は腕《うで》をだらりとさげたまま、へんな顔《かお》をした。

「わたしは、そんなにたくさんいわなかったけど……。」

典夫《のりお》は微笑《びしょう》して答《こた》えなかった。先生《せんせい》は胸《むね》をそらすと、こんどはきびしい顔《かお》になった。

「でも、教科書《きょうかしょ》ぐらいは開《ひら》いておきなさい。それに、ノートは持《も》っていないの？」

典夫《のりお》はひとつうなずくと、バッグから大《おお》きなノートを取《と》り出《だ》した。

「持《も》っています。」

「それならけっこう。」

先生《せんせい》はふたたび黒板《こくばん》にむかった。

なんということだ……と広一《こういち》は思《おも》った。まるで、先生《せんせい》の授業内容《じゅぎょうないよう》ぐらい初《はじ》めから知《し》っているような口《くち》ぶりではないか。

それに……たしかさっきのあいさつで、あの山沢典夫《やまざわのりお》は、大阪《おおさか》というかわりに〝世界《せかい》〟などといいまちがえた。

考《かんが》えれば考《かんが》えるほど、おかしな話《はなし》だ。

「岩田《いわた》くん!」

香川《かがわ》みどりがそっと注意《ちゅうい》した。

「何《なに》をぼんやりしているの。」

広一《こういち》は肩《かた》をすくめると、また先生《せんせい》のほうへ顔《かお》を向《む》けた。

みどり完敗《かんぱい》

四時間目《じかんめ》が終《お》わると、みんな昼食《ちゅうしょく》もそこそこに、運動場《うんどうじょう》へ走《はし》っていった。

「岩田《いわた》くん、卓球《たっきゅう》しない？」

みどりがさそった。

「きょうはカタキをとってあげる。」

「卓球《たっきゅう》かあ。」

もちろん、広一《こういち》も卓球《たっきゅう》は好《す》きだ。が、相手《あいて》がみどりでは……。

「岩田《いわた》くん、うわさを気《き》にしているのね？」

みどりはあけすけにいった。

「わたしとあなたのこと、みんながなんだかんだといっているのは知《し》っているわよ。でも、そんなことをいちいち気《き》にしていては、どうにもならないじゃないの。」

それもそうだ。へんな気《き》をつかうと、かえって妙《みょう》なことをいわれる。そのくらいのことは広一《こういち》もよく知《し》っていた。もっと気《き》をらくに持《も》ったほうがいいのだ。

「よし！」

彼《かれ》は叫《さけ》んだ。

「やろう。」

「ついでに、山沢《やまざわ》さんもさそってあげましょうよ。」

みどりは教室《きょうしつ》の外《そと》に目《め》をやった。

山沢典夫《やまざわのりお》は、校庭《こうてい》のすみにすわりこんで、じっと雑草《ざっそう》を見《み》つめていたのだ。

「山沢《やまざわ》さーん。」

みどりは叫《さけ》んだ。

「卓球《たっきゅう》しない？」

典夫《のりお》はしばらくその雑草《ざっそう》をなでてから、ゆっくり顔《かお》をあげた。いったい何《なに》を考《かんが》えていたのか、神経質《しんけいしつ》そうな表情《ひょうじょう》をほころばせると首《くび》をかしげた。

「卓球《たっきゅう》？」

「できるんでしょ？」

「さあ……でも、見《み》ていれば、できると思《おも》う。」

「たよりないのね。」

みどりは笑《わら》った。

「でもいいわ。とにかくいらっしゃいよ。」

三人《にん》が卓球台《たっきゅうだい》のそばへ行《い》くと、すでに打《う》ち合《あ》いをはじめていたクラスメートたちが、残念《ざんねん》そうな顔《かお》をした。

「岩田《いわた》と香川《かがわ》だぜ。」

「残念《ざんねん》……これじゃまた台《だい》を取《と》られっぱなしだぞ。」

「くやしかったら上手《じょうず》になりなさいよ。」

みどりは、順番待《じゅんばんま》ちの席《せき》につくと、そうひやかした。

はじめにみどりの番《ばん》がまわってきた。なんといっても学校代表選手《がっこうだいひょうせんしゅ》だ。またたくうちにそれまで勝《か》っていたクラスメートを負《ま》かすと、ほがらかにいいはなった。

「さあ岩田《いわた》くん……きょうは負《ま》けないわよ。」

広一《こういち》はラケットをにぎった。

速《はや》いサーブが飛《と》んできた。カットして打《う》ち返《かえ》すと、こんどはスマッシュ……しかし、それはネットにひっかかった。

「やったわね。」

ゲームは一進一退《いっしんいったい》だった。片方《かたほう》がポイントを取《と》ると、たちまちもう一方《いっぽう》が取《と》り返《かえ》す。

しかし、そのうちに練習量《れんしゅうりょう》の差《さ》だろう、じりじりとみどりのほうがリードしてきた。広一《こういち》はやっとのことでジュースに持《も》ちこんだものの、たてつづけに鋭《するど》い打《う》ちこみを二本《ほん》やられて敗退《はいたい》した。

「やっぱりだめか。」

ラケットを振《ふ》りながら広一《こういち》は笑《わら》った。

「つぎはだれ？」

すっと典夫《のりお》が近寄《ちかよ》ってきた。

「ぼくらしいよ。」

「へんなにぎり方《かた》をしているんだな。」

広一《こういち》は典夫《のりお》の手《て》を見《み》ていった。

「それ、どういうんだ？」

「これでいいんだ。」

シェークハンドともペンホルダーともつかない持《も》ち方《かた》をした典夫《のりお》は、卓球台《たっきゅうだい》の前《まえ》に立《た》った。

「だいじょうぶ？」

みどりがいう。

典夫《のりお》はうなずいた。

めんどうだと思《おも》ったのだろう。みどりは得意《とくい》のサーブをあざやかにはなった。

つぎの瞬間《しゅんかん》、台《だい》のまわりにいた連中《れんちゅう》がどっと歓声《かんせい》をあげた。広一《こういち》も自分《じぶん》の目《め》が信《しん》じられなかった。典夫《のりお》の打《う》ち返《かえ》した球《たま》は、それほど速《はや》かったのである。しかもコーナーぎりぎりにバウンドすると、みどりが体《からだ》を立《た》てなおすまえに床《ゆか》に落《お》ちていたのだ。

「……すごい！」

と、みどりは目《め》をまるくした。

「よし、もう負《ま》けないわよ。」

しかし、結果《けっか》はそううまくはいかなかった。典夫《のりお》は、右《みぎ》に左《ひだり》に、電光《でんこう》のようにとびまわりながら、激《はげ》しく球《たま》を打《う》った。六―〇、七―〇、八―〇……さすがのみどりも、ぜんぜん歯《は》が立《た》たなかったのである。

「あなた、まえ、選手《せんしゅ》だったのね？」

完敗《かんぱい》したみどりは、荒《あら》い息《いき》をつきながらそうたずねた。

典夫《のりお》は静《しず》かに含《ふく》み笑《わら》いをした。

「いや……初《はじ》めてです。」

「初《はじ》めて？」

「卓球《たっきゅう》というものを。」

典夫《のりお》ははずかしそうにそう答《こた》えた。

「ぼくはきょう、初《はじ》めてやったんです。」

だれも口《くち》をきかなかった。みんながしんとなって典夫《のりお》を見《み》つめているばかりだった。

もうじき雨《あめ》になる

それから十日《とおか》ほどたった、ある日《ひ》のことだ。

いまでは典夫《のりお》は、すっかりクラスの人気者《にんきもの》になっていた。ノートひとつとらずに、どんな質問《しつもん》を受《う》けてもらくらくと答《こた》える。おまけにスポーツは万能《ばんのう》ときているうえに、だれもがはっとするくらいの美少年《びしょうねん》ときては、人気《にんき》の出《で》ないのがおかしいくらいだ。

おかげで、それまでクラスをリードしてきた広一《こういち》の影《かげ》はすっかりうすくなってしまった。まあそれはしかたがないとしても、そうした典夫《のりお》があいかわらずみんなと心《こころ》から仲《なか》よくせず、ともすれば自分《じぶん》で仲間《なかま》はずれになるのだけは、どう考《かんが》えてもおかしい。だれかが話《はな》しかけたりさそったりすれば、仲間《なかま》にはなるものの、自分《じぶん》から進《すす》んで何《なに》かをやろうとは決《けっ》してしなかったのである。

秋《あき》の運動会《うんどうかい》が近《ちか》づいたその日《ひ》、広一《こういち》はその打《う》ち合《あ》わせのために、授業《じゅぎょう》が終《お》わったあとで三十分《ぷん》ほど残《のこ》るようにみんなにいった。

「みんな、残《のこ》ってくれるね？」

広一《こういち》がクラスを見《み》まわすと、ひとりだけ手《て》をあげた者《もの》があった。

「ぼく、だめなんだ。」

それは典夫《のりお》だった。

「用事《ようじ》があるのかい？」

「そういうわけじゃないけど。」

「じゃ、残《のこ》ってもいいじゃないか。」

「でも……困《こま》るんだ。」

ふたりのやりとりはしだいに険悪《けんあく》になってきた。

おとなげないとは思《おも》いながらも広一《こういち》は、ついふだんの腹《はら》だちを典夫《のりお》に向《む》ける結果《けっか》になった。

「みんなが協力《きょうりょく》するといっているんだぜ。」

広一《こういち》は大《おお》きな声《こえ》を出《だ》した。

「理由《りゆう》をはっきりさせてくれたらそれでいい……塾《じゅく》へ行《い》くとか、留守番《るすばん》があるとか……でも、なんの用《よう》もないのにひとりだけ帰《かえ》るなんて、どうかと思《おも》うな。」

「いいじゃないの。クラス委員《いいん》だからって、そこまで干渉《かんしょう》することはないわ。」

めがねをかけた平野《ひらの》という女生徒《じょせいと》が叫《さけ》んだ。

「そうだそうだ。委員横暴《いいんおうぼう》。」

「個人主義《こじんしゅぎ》でいこうじゃないか。」

「みんな、ちょっと待《ま》って！」

立《た》ちあがったのはみどりだった。

「岩田《いわた》くんも山沢《やまざわ》くんもそれぞれ立場《たちば》があると思《おも》うけど、そんなことをいっている間《ま》に打《う》ち合《あ》わせしたらどう？」

こんどは全員《ぜんいん》が賛成《さんせい》した。

「いいだろう。」

と、広一《こういち》。

「ぼく、困《こま》るんだ……。」

典夫《のりお》は窓《まど》の外《そと》を見《み》ながら泣《な》きそうな声《こえ》を出《だ》した。

「もうじき雨《あめ》になる……ぼくはかさを持《も》ってきていないんだ。」

「じょうだんじゃないぞ！」

とうとう頭《あたま》にきた広一《こういち》はどなりつけた。

「学校《がっこう》から団地《だんち》まで、走《はし》れば三分《ぷん》もかからないじゃないか。雨《あめ》ぐらい、なんだよ！」

ふたたび重苦《おもくる》しい空気《くうき》がみなぎっていた。みんなは、だまってふたりの争《あらそ》いを聞《き》いていた。

「あら、ほんとうに降《ふ》ってきたわ。」

みどりが叫《さけ》んだ。

「ワァ、すごい夕立《ゆうだち》!」

典夫《のりお》は体《からだ》をふるわせながら、窓《まど》の外《そと》にしぶく雨《あめ》を見《み》つめていた。

そして細《ほそ》い声《こえ》を出《だ》した。

「あの雨《あめ》の中《なか》には原水爆実験《げんすいばくじっけん》による放射能《ほうしゃのう》が含《ふく》まれている……ぼくは、それがこわいんだ……致《ち》命的《めいてき》なんだ……。」

広一《こういち》はぽかんとして、そうした典夫《のりお》のさまを見《み》つめていた。雨《あめ》の中《なか》に含《ふく》まれている放射能《ほうしゃのう》が致《ち》命的《めいてき》……いったいこれはどういうことなんだ……。

「あまりオーバーなこと、いうなよ。」

広一《こういち》はあきれて叫《さけ》んだ。

「違《ちが》う、違《ちが》う、違《ちが》う!」

典夫《のりお》は絶叫《ぜっきょう》した。

「ほんとうだ。ほんとうなんだったら!」

軽蔑《けいべつ》の視線《しせん》

運動会《うんどうかい》の打《う》ち合《あ》わせが終《お》わったころには、もう夕方《ゆうがた》になっていた。いいあんばいに、雨《あめ》もやんでいる。

「よかったわね。」

みどりが山沢典夫《やまざわのりお》に、笑顔《えがお》を向《む》けた。

「あのまま帰《かえ》っていたら、きっと夕立《ゆうだち》にぬれていたわよ。」

「しかし、おどろいたなあ。」

ひとりがだれにいうともなく感想《かんそう》をもらした。

「雨《あめ》の中《なか》に含《ふく》まれた放射能《ほうしゃのう》がそんなにこわいかなあ。」

「やめろ!」

広一《こういち》はどなった。典夫《のりお》のただならぬ表情《ひょうじょう》に気《き》がついたからだ。

典夫《のりお》はじっと、いま悪口《わるくち》をいったクラスメートを見《み》つめていた。顔色《かおいろ》を変《か》え、身《み》をふるわせながら、にくしみをたたえた目《め》を向《む》けていたのである。

(――あのときと同《おな》じだ。)

広一《こういち》はぞっとしながら考《かんが》えた。あの初《はじ》めて会《あ》った日《ひ》に、エレベーターの中《なか》で見《み》せたおそろしい顔《かお》と同《おな》じだった。

無気味《ぶきみ》な沈黙《ちんもく》が流《なが》れた。みんなは、典夫《のりお》に視線《しせん》をくぎづけにされて、動《うご》くことさえできなかった。

しかし、数秒後《すうびょうご》、その緊張《きんちょう》は破《やぶ》れた。

ふいに、典夫《のりお》が姿勢《しせい》をくずして、

「みんな……なんてばかなんだ。」

といったからである。

「ばかですって?」

「そうだとも。」

典夫《のりお》はゆっくりいいはじめた。

「な、この世界《せかい》でいちばんこわいのはなんだ? それは科学《かがく》の行《ゆ》きすぎによる人類《じんるい》の自滅《じめつ》じゃないか……みんな、気《き》にしていないらしいが、雨《あめ》の中《なか》の放射能《ほうしゃのう》だって、どれだけおそろしいものか……それを考《かんが》えたことはないのか。」

「どうも、よくわからないな。」

広一《こういち》が反撃《はんげき》に転《てん》じた。

「わからない？」

「そうさ。」

典夫《のりお》の軽蔑《けいべつ》に満《み》ちた顔《かお》を見《み》ながら、広一《こういち》はつづけた。

「きみは、科学《かがく》の行《ゆ》きすぎによる悪影響《あくえいきょう》として原水爆《げんすいばく》や放射能雨《ほうしゃのうう》をにくんでいるんだろうが。」

「あたりまえだ！」

「まあ聞《き》けよ。なるほどぼくたちは文明《ぶんめい》の行《ゆ》きすぎによるいろんな被害《ひがい》を受《う》けてはいるだろう……しかし、そのかわりにジェット機《き》やモノレールに乗《の》り、電化製品《でんかせいひん》を使《つか》っているんだぜ……もちろんひどい行《ゆ》きすぎはよくないだろう……でも、ある程度《ていど》までは辛抱《しんぼう》しなくちゃしかたがないんだぜ。」

典夫《のりお》のほおがけいれんした。

「きみには……。」

典夫《のりお》は、歯《は》ぎしりした。

「きみには思考能力《しこうのうりょく》というものが欠如《けつじょ》しているんだ。」

「思考能力《しこうのうりょく》、欠如《けつじょ》だと？」

「そうだ。こんな、電化製品《でんかせいひん》や、文明《ぶんめい》の利器《りき》なんて……ないほうがよっぽどいいんだ。きみたちは鈍感《どんかん》だから何《なに》も感《かん》じないいんだろう。われわれにとってみれば、文明世界《ぶんめいせかい》より原始世界《げんしせかい》のほうがよっぽどましなんだ。」

「なまいきな！」

広一《こういち》は思《おも》わず典夫《のりお》の胸《むな》ぐらをつかむと、ほおをなぐった。

「きみは電気《でんき》や水道《すいどう》や新聞《しんぶん》がなくてもいいのか、それで暮《く》らしていけるのか！　だいいち、このまえきみがエレベーターの中《なか》で使《つか》おうとした妙《みょう》な道具《どうぐ》だって、文明《ぶんめい》の……。」

しかし、それは終《お》わりまでつづかなかった。典夫《のりお》はふいに身《み》をひるがえすと、もう暗《くら》くなった校門《こうもん》へ走《はし》り出《で》ていったのである。

「野蛮《やばん》だわ！　岩田《いわた》くん。」

みどりが叫《さけ》んだ。

「違《ちが》う。ぼくは、あいつの……。」

「知《し》らないぞ。」

クラスメートがいう。

「山沢《やまざわ》はもう学校《がっこう》へ出《で》てこないかもしれないぞ。」

広一《こういち》は肩《かた》で息《いき》をつきながら、いま典夫《のりお》の出《で》ていったほうを見《み》つめていた。なんだか頭《あたま》がぐらぐらして、気分《きぶん》が悪《わる》かった。

六四〇号室《ごうしつ》の客《きゃく》

クラスメートの予言《よげん》どおり、それから三日《みっか》たっても山沢典夫《やまざわのりお》は登校《とうこう》してこなかった。

「岩田《いわた》くん。」

ある日授業《ひじゅぎょう》のまえに大谷先生《おおたにせんせい》が声《こえ》をかけた。

「あなた、山沢《やまざわ》くんの隣室《りんしつ》だったわね。」

「はい。」

「山沢《やまざわ》くん、どうしているの？」

「よく知《し》りません。」

「あなた、山沢《やまざわ》くんをなぐりつけたそうじゃないの。」

「………。」

「もうすぐ中間《ちゅうかん》テストよ。それから運動会《うんどうかい》じゃないの。このままほうっておくつもり？」

「しかし、ぼくは。」

「おだまりなさい！」

大谷先生《おおたにせんせい》はぴしゃりといった。

「みんなにきくけど、山沢《やまざわ》くんをこのままにしておいてもよいかしら。」

香川《かがわ》みどりが立《た》った。

「岩田《いわた》くんは卑怯《ひきょう》だと思《おも》います。暴力《ぼうりょく》をふるったんですから、山沢《やまざわ》さんに対《たい》してひとことぐらいちゃんと謝罪《しゃざい》すべきです。クラス委員《いいん》で、家《いえ》が隣《となり》だったら、もうちょっと考《かんが》えるべきです。」

腰《こし》をおろしながら、みどりは広一《こういち》にいった。

「岩田《いわた》くんって、もっと男《おとこ》らしいと思《おも》っていたわ。」

クラスが、がやがやとざわめいた。

「先生《せんせい》はきょう、山沢《やまざわ》くんの家《いえ》へ行《い》きます。」

大谷先生《おおたにせんせい》は宣言《せんげん》した。

「そのとき、岩田《いわた》くんにもついていってもらうつもりです。どう？」

「賛成《さんせい》！」

「責任《せきにん》をとれよ。」

そんな声《こえ》が乱《みだ》れとんだ。広一《こういち》はぎゅっと奥歯《おくば》をかみしめながら聞《き》いていた。

「わたしも、ついていきます！」

叫《さけ》んだのはみどりだ。みんなはたちまち毒気《どくけ》を抜《ぬ》かれてしんとなった。

「その必要《ひつよう》はないんじゃない？」

先生《せんせい》がやわらかくいったので、みどりの顔《かお》はみるみる赤《あか》くなった。

「教科書《きょうかしょ》を開《ひら》いて。」

大谷先生《おおたにせんせい》は教室《きょうしつ》を見渡《みわた》すと、そういった。

授業《じゅぎょう》が終《お》わると、広一《こういち》は大谷先生《おおたにせんせい》といっしょに団地《だんち》へむかった。

どう考《かんが》えても気《き》が進《すす》まない。彼《かれ》は山沢典夫《やまざわのりお》という少年《しょうねん》が徹底的《てっていてき》にきらいだった。

なぜかはわからない。ひょっとすると嫉妬《しっと》だろうかと思《おも》う……が、それだけではなさそうだ。何《なに》か生理的《せいりてき》に、嫌悪感《けんおかん》が先《さき》にたってしまうのである。山沢典夫《やまざわのりお》には、ほかのクラスメートとは根本的《こんぽんてき》に違《ちが》う何《なに》かがあったのだ。スタイルもよく、美《うつく》しい顔《かお》だちでスポーツも学業《がくぎょう》も——事実《じじつ》、このまえのテストでは広一《こういち》は典夫《のりお》に抜《ぬ》かれて二番《ばん》になってしまった——だんぜん群《ぐん》を抜《ぬ》いているのに……広一《こういち》は自分《じぶん》で自分《じぶん》が情《なさ》けなかった。

エレベーターを降《お》り、自分《じぶん》の家《いえ》にバッグをおくと、広一《こういち》は先生《せんせい》と並《なら》んで六四〇号室《ごうしつ》の前《まえ》に立《た》った。室内《しつない》には客《きゃく》でもあるのか、おおぜいの声《こえ》がしている。

突然《とつぜん》、そのドアが開《ひら》くと、中《なか》から二十人《にん》ほどの人々《ひとびと》が現《あらわ》れた。子《こ》ども連《づ》れも多《おお》かった。それがほとんどいっせいに出《で》てきたのである。

かれらは山沢家《やまざわけ》の人々《ひとびと》とあいさつを交《か》わすと、エレベーターのほうへむかっていった。だが、それがただの人々《ひとびと》でないことは、広一《こういち》にもすぐわかった。なぜなら、いま出《で》てきた人々《ひとびと》は山沢一家《やまざわいっか》がそうであるように、いずれもギリシャ彫刻《ちょうこく》に似《に》て整《ととの》った、いや、整《ととの》いすぎた顔《かお》だちをしていたのである。

ふたりが呆然《ぼうぜん》と立《た》っているそばを、その奇妙《きみょう》な一群《いちぐん》は通《とお》りすぎていった。なかにひとりかふたり、ちらりと視線《しせん》を向《む》けた者《もの》もあったが、しかしそれはおそろしく冷《ひ》ややかなものだった。まるで敵意《てきい》でも持《も》っているような印象《いんしょう》さえ受《う》けたのだ。

「あ、山沢《やまざわ》くん！」

広一《こういち》よりも一瞬早《いっしゅんはや》くわれに返《かえ》った大谷先生《おおたにせんせい》は、いまとじようとする六四〇号室《ごうしつ》のドアに叫《さけ》ぶ。

一度《いちど》とざされたドアが、ふたたび細《ほそ》めにあくと、そこから典夫《のりお》の顔《かお》がのぞいた。

「山沢《やまざわ》くん、ちょっと話《はなし》が……。」

「帰《かえ》ってください！」

典夫《のりお》は濃《こ》いまゆをぐっと寄《よ》せると、そういいはなった。

「ぼくたち、先生《せんせい》や、そこの岩田《いわた》くんに用事《ようじ》はありません。」

「しかし……。」

「あすから登校《とうこう》します。うそはつきません。いま、みんなで相談《そうだん》して決《き》めたところです。」

同時《どうじ》に、ドアは激《はげ》しく鳴《な》った。

先生《せんせい》と広一《こういち》はあっけにとられて、しばらくその場《ば》に立《た》ちつくしていた。

「どうしたのかしら。」

「それよりも……。」

広一《こういち》の心《こころ》には、何《なに》かしら説明《せつめい》のできない不安《ふあん》の影《かげ》がかかりはじめていた。

「いま、山沢《やまざわ》くんは、みんな、といいました。みんなって、だれのことでしょう。」

「そういえば、おかしいわね。」

先生《せんせい》は肩《かた》をすくめた。

「ねえ、先生《せんせい》。」

広一《こういち》は、真剣《しんけん》な口調《くちょう》でいった。

「山沢《やまざわ》くんはひょっとすると……。」

「え？」

「どこか別《べつ》の世界《せかい》からきたんじゃないでしょうか。」

大谷先生《おおたにせんせい》は笑《わら》いだした。

「まさか。たしかに山沢《やまざわ》くんは変《か》わっているけど……まさかねえ。」

広一《こういち》はだまった。思《おも》いつくままをしゃべることは、かえって広一《こういち》自身《じしん》の信用《しんよう》をなくすことになりそうなのに気《き》づいたからである。

典夫《のりお》のデザイン

中間《ちゅうかん》テストが終《お》わって一週間《しゅうかん》ほどたつと、運動会《うんどうかい》がやってくる。

クラス対抗《たいこう》意識《いしき》の強《つよ》いこの阿南中学校《あなんちゅうがっこう》では、運動会《うんどうかい》ともなると各《かく》クラスごとにアーチを用意《ようい》し、応援《おうえん》の練習《れんしゅう》をするのが毎年《まいとし》の例《れい》であった。二年《ねん》三組《くみ》もやはり同《おな》じようにいっしょうけんめいに準備《じゅんび》したかいがあって、みごとなアーチを作《つく》りあげることができた。

当日《とうじつ》の朝《あさ》、広一《こういち》たちはアーチを校庭《こうてい》に組《く》みあげながら、他《た》のクラスのものをながめた。

「どうやら、うちがトップだな。」

みんなは、いった。

「山沢《やまざわ》さんのデザインって、すばらしいわ。」

だれかがいう。典夫《のりお》ははずかしそうに頭《あたま》をかいた。

「あっ、あれは……。」

突然《とつぜん》みどりが奇声《きせい》をあげた。見《み》ると校庭《こうてい》のすみに、一年《ねん》五組《くみ》のアーチが立《た》てられようとしている。咲《さ》き乱《みだ》れた花《はな》を散《ち》らした木《き》をかたどったデザイン……それは、二年《ねん》三組《くみ》のものとあまりにもよく似《に》ていた。

「あそこにもあるぞ！」

またひとりが叫《さけ》んだ。

「三年《ねん》二組《くみ》のも同《おな》じだ！」

一同《いちどう》は呆然《ぼうぜん》として校庭《こうてい》を見《み》つめていた。こまかい部分《ぶぶん》こそ違《ちが》っていたが、発想《はっそう》はまるで同《おな》じだった。

「これ、どういうこと？」

ひとりが叫《さけ》んだ。

「まるで、申《もう》し合《あ》わせたみたいだわ。」

「山沢《やまざわ》！」

広一《こういち》はどなった。

「説明《せつめい》してくれ……これは、なぜだ。」

「偶然《ぐうぜん》だ。」

典夫《のりお》も放心《ほうしん》したように、ほかのアーチをながめていた。

「こんな……こんなことがあろうとは……。」

「真似《まね》をしたのか？」

広一《こういち》は詰《つ》め寄《よ》った。

「正直《しょうじき》にいってくれ。きみは……いや、だれかがきみのアイデアを……。」

「違《ちが》う。」

典夫《のりお》は首《くび》を振《ふ》った。

「偶然《ぐうぜん》だ。偶然《ぐうぜん》こうなったんだ。」

「ばかをいうな！」

「岩田《いわた》くん！」

みどりがさえぎった。

「山沢《やまざわ》さんに失礼《しつれい》じゃないの。」

「しかし。」

「しかしも何《なに》もないわ。」

みどりはカンカンになっていった。

「このアイデアはきのう、山沢《やまざわ》さんが思《おも》いついたのよ。そして、山沢《やまざわ》さんがみんなの前《まえ》でかいたんじゃないの。よそのが似《に》ていてもそれは偶然《ぐうぜん》だわ。」

「そうだ。」

「しかたがないことだ。」

クラスの連中《れんちゅう》は、みどりを支持《しじ》した。

広一《こういち》は唇《くちびる》をかんだ。たしかにみどりのいうとおり、真似《まね》をしたり、されたりするひまはなかったはずだ。

「悪《わる》かった。」

「ひとを疑《うたが》うなんて、岩田《いわた》くん、あなたこのごろすこしへんよ。」

みどりはしゃべりまくると、こんどは手《て》を高《たか》くあげた。

「さあ、そろそろ入場式《にゅうじょうしき》よ！　みんな、行《い》きましょう。」

典夫《のりお》とみどりを先頭《せんとう》に、クラスは動《うご》きだした。

広一《こういち》は黙々《もくもく》としたがった。いまやクラスの主導権《しゅどうけん》は、完全《かんぜん》に彼《かれ》の手《て》をはなれていた。

妙《みょう》な仲間《なかま》たち

競技《きょうぎ》が始《はじ》まると、校庭《こうてい》は歓呼《かんこ》の声《こえ》につつまれた。学年別《がくねんべつ》、クラス別《べつ》の得点表《とくてんひょう》がかかげられ、生徒《せいと》たちは一心不乱《いっしんふらん》になって自分《じぶん》の出場種目《しゅつじょうしゅもく》にベストをつくした。

なかでも典夫《のりお》の活躍《かつやく》は、予想《よそう》されたとおり抜群《ばつぐん》だった。団体競技《だんたいきょうぎ》ではときどきチームワークを乱《みだ》してしまったりしたが、個人種目《こじんしゅもく》となると陸上部員《りくじょうぶいん》でも足《あし》もとにも及《およ》ばなかったのである。

時間《じかん》の経過《けいか》とともに、一部《いちぶ》のクラスが他《た》を引《ひ》きはなしはじめた。むろん二年《ねん》ではいまのところ三組《くみ》がトップである。

「おい、広一《こういち》。」

肩《かた》をたたかれた広一《こういち》は、競技《きょうぎ》から目《め》をそらすと振《ふ》り向《む》いた。

「ひどく好調《こうちょう》じゃないか。」

いつのまにきていたのか、そこには父《ちち》と母《はは》が立《た》っていた。

「どうやら二年《ねん》では、おまえのクラスが優勝《ゆうしょう》だな。」

いいながら、父《ちち》は広一《こういち》を校庭《こうてい》のすみに連《つ》れてくると、急《きゅう》に声《こえ》をひそめた。

「ことしのアーチ、ありゃいったいなんだ？」

「なんだか知《し》らないけど……。」

広一《こういち》は首《くび》を振《ふ》る。

「どうやら、偶然《ぐうぜん》に同《おな》じものができちゃったんだよ。」

「よく似《に》てるわ。」

母《はは》が目《め》を校庭《こうてい》へうつした。

「一年生《ねんせい》にふたつ、二年《ねん》にひとつ、三年《ねん》にふたつ……。」

「それに、あのアーチのあるクラスは、いずれもだんぜんリードしている。妙《みょう》だな。」

父《ちち》はさりげなくいった。

広一《こういち》は胸《むね》をつかれたような心地《ここち》がした。

そういえば、そのとおりだった。

似《に》たアーチを立《た》てたクラスは、他《た》を引《ひ》きはなして得点《とくてん》を重《かさ》ねている。それも、団体競技《だんたいきょうぎ》ではそれほどではないが、個人種目《こじんしゅもく》では比較《ひかく》にならない好成績《こうせいせき》だ。

「あまりふしぎだから、わたしはさっき先生《せんせい》にきいたんだ。」

父《ちち》はうなずいてみせた。

「すると、そうしたクラスには、すばらしくよくできる生徒《せいと》がいるという。しかも、それがいずれも転校生《てんこうせい》だそうだ。」

「なんだって？」

「そういえば、お隣《となり》の典夫《のりお》さんもそのひとりね。」

母《はは》がいった。

広一《こういち》は、放心《ほうしん》したように色《いろ》とりどりのアーチでかざられた校庭《こうてい》をながめた。漠然《ばくぜん》とした疑惑《ぎわく》が、いつのまにか確信《かくしん》に似《に》たものになっていくのが自分《じぶん》でもわかった。

「ぼく、ちょっと行《い》ってくる。」

いうが早《はや》いか、広一《こういち》は二年《ねん》三組《くみ》の席《せき》にむかって走《はし》りだした。

おかしい……あまりに妙《みょう》だ。山沢典夫《やまざわのりお》だけではなく、この学校《がっこう》には何人《なんにん》も典夫《のりお》の仲間《なかま》がいるとでも、いうのだろうか。

典夫《のりお》に直接話《ちょくせつはな》してみなければならない。考《かんが》えてみれば、典夫《のりお》はたしかに常識《じょうしき》をこえた生徒《せいと》だった。スーパーマンという言葉《ことば》があるが、それは架空《かくう》の世界《せかい》の話《はなし》だ。だが、典夫《のりお》こそまさにスーパーマンではなかっただろうか。

息《いき》せききってみんなのところへもどると、広一《こういち》は叫《さけ》んだ。

「山沢《やまざわ》！　山沢《やまざわ》！」

「山沢《やまざわ》さんは、学年対抗《がくねんたいこう》のリレーに出《で》るので、入場門《にゅうじょうもん》へ行《い》ったわよ。」

女生徒《じょせいと》が教《おし》えてくれた。

「あら、もう始《はじ》まるわ。」

観衆《かんしゅう》は、期待《きたい》と興奮《こうふん》に満《み》ちて、選手《せんしゅ》がスタートラインに立《た》つのを見守《みまも》っていた。目《め》をこらして選手《せんしゅ》を見《み》やった広一《こういち》は、重《おも》いものが胸《むね》の底《そこ》に沈《しず》んでくるのを感《かん》じた。

まちがいはない。

二年《ねん》のアンカーのたすきをかけてすわっているのは、もちろん典夫《のりお》だが、その両側《りょうがわ》にいる一、三年《ねん》の代表《だいひょう》は、たしかに典夫《のりお》の仲間《なかま》にちがいなかったのだ。ちょっと見《み》ただけでは、まるできょうだいのような整《ととの》った顔《かお》だち、しなやかな体《からだ》……広一《こういち》は女子《じょし》のアンカーに目《め》をうつした。やはり同《おな》じことだった。一、三年《ねん》の列《れつ》のいちばんうしろには、典夫《のりお》にまさるともおとらない美少女《びしょうじょ》がひかえている。

スタート！

まず女子《じょし》の学年代表《がくねんだいひょう》が走《はし》りだした。校内《こうない》きっての走者《そうしゃ》たちだけあって、さすがに速《はや》い。みるみる校庭《こうてい》を一周《しゅう》すると、つぎの走者《そうしゃ》にバトンを渡《わた》す。

クラスメートたちが口々《くちぐち》に叫《さけ》ぶなかで、広一《こういち》はじっと腕《うで》を組《く》んで競技《きょうぎ》を見《み》ていた。第二走者《だいそうしゃ》は第三走者《だいそうしゃ》へ、つづいて、アンカーへバトンが渡《わた》った。

歓声《かんせい》は、とたんに倍《ばい》くらいにはねあがった。一年代表《ねんだいひょう》と三年代表《ねんだいひょう》はまるでモーターカーのようにグッグッとスピードをあげると、足《あし》も折《お》れよとかけだしたのだ。おそろしいスピードだった。十秒《びょう》とたたないうちに、早《はや》くも百メートルを越《こ》えていたのだ。

全校庭《ぜんこうてい》が、異様《いよう》な興奮《こうふん》につつまれた。だれもが何《なに》を叫《さけ》んでいるのかわからないくらいだった。

広一《こういち》はまたたきもせずに、競技《きょうぎ》を見守《みまも》っていた。予感《よかん》はあたったのだ。典夫《のりお》の仲間《なかま》は現実《げんじつ》にいたのだ。

二年代表《ねんだいひょう》が最初《さいしょ》の四分《ぶん》の一周《しゅう》にかかったころ、あとのふたりはすでに半分《はんぶん》を越《こ》え、なおも疾走《しっそう》中《ちゅう》であった。

しかし、このとき、異変《いへん》が起《お》こったのである。

ジェット機《き》が学校《がっこう》の真上《まうえ》を低《ひく》く飛《と》びすぎていったのだ。その轟音《ごうおん》が校庭《こうてい》の喚声《かんせい》と重《かさ》なった瞬《しゅん》間《かん》、典夫《のりお》の仲間《なかま》と思《おも》われるランナーはコースをそれて、まっすぐ校舎《こうしゃ》にむかっていたのだ。

驚《おどろ》きはそればかりではなかった。待機《たいき》していた男子《だんし》ランナー、そのなかの典夫《のりお》たちが反射的《はんしゃてき》に立《た》ちあがると、どっと校舎《こうしゃ》へ走《はし》りはじめたのである。

校庭《こうてい》は異様《いよう》な沈黙《ちんもく》にのまれた。が、つぎの瞬間《しゅんかん》、みんなは口々《くちぐち》に何《なに》かを叫《さけ》びながら、校舎《こうしゃ》にむかって殺到《さっとう》していった。

乱闘《らんとう》！

いったい、何《なに》が起《お》こったというのだ。

はじめのうち、自分《じぶん》の目《め》が信《しん》じられなかった広一《こういち》は、われに返《かえ》ると同時《どうじ》に、猛然《もうぜん》と走《はし》りはじめていた。

こんなことがあってよいものか……運動会《うんどうかい》のクライマックスに、レースを捨《す》てて逃《に》げだす選手《せんしゅ》たち……それも学年代表《がくねんだいひょう》の、いまリードしているそのときに、たかがジェット機《き》の轟音《ごうおん》ぐらいで……。

広一《こういち》がかけつけたとき、人垣《ひとがき》は波《なみ》のようにくずれて、校門《こうもん》のほうに移《うつ》ろうとしていた。

「つかまえろ！」

声《こえ》がしている。

（いけない。）

とっさに、広一《こういち》は思《おも》った。

（これじゃ、騒《さわ》ぎは広《ひろ》がるばかりだ……みんな群集心理《ぐんしゅうしんり》にかられている。）

彼《かれ》は生徒《せいと》たちをかきわけて、前《まえ》へ前《まえ》へと出《で》ていった。

そして、ようやく前方《ぜんぽう》が見《み》えたとき、ぎくりとして立《た》ちどまった。

三年生《ねんせい》が校門《こうもん》に立《た》ちふさがっているのだ。逃《に》げだした五人《にん》の生徒《せいと》は、うしろからせまってくる大群《たいぐん》と、前方《ぜんぽう》の三年生《ねんせい》にはさまれて、まさに進退《しんたい》きわまっていた。

「とまれ！」

三年生《ねんせい》がどなった。

「おい、おまえら！　なんのつもりだ！」

それは、気《き》の荒《あら》いことで有名《ゆうめい》な数人《すうにん》だった。察《さっ》するところ、自分《じぶん》のクラスの得点《とくてん》がよくないのでやきもきしていたところへこの事件《じけん》だ。待《ま》ってましたとばかりケンカを売《う》るつもりなのだろう。

「もどれ！　グラウンドにもどるんだ！」

「恥《はじ》を知《し》れ！　おまえら、それでも阿南中学《あなんちゅうがく》の人間《にんげん》かあ。」

「転校生《てんこうせい》のくせに、おれたち、まえから気《き》にくわなかったんだ！」

五人《にん》の生徒《せいと》は、じりじりと詰《つ》め寄《よ》ってくる三年生《ねんせい》を見《み》つめながら、一歩《いっぽ》、また一歩《いっぽ》と後退《こうたい》した。

しかし、うしろは、殺到《さっとう》してくる生徒《せいと》や父兄《ふけい》の大群《たいぐん》だ。

五人《にん》は、ぴたりと立《た》ちどまった。

「おい、逆《さか》らうつもりか。」

「違《ちが》う。」

典夫《のりお》が叫《さけ》んだ。

「そこをあけてくれれば、たいしたことにならなくてすむんだ。」

「ねごとはよせ！」

三年生《ねんせい》のひとりが、ずかずかと進《すす》んでくると、典夫《のりお》の胸《むな》ぐらをつかもうとした。

同時《どうじ》に、何《なに》かがキラリと光《ひか》った。典夫《のりお》がポケットから何《なに》かを取《と》り出《だ》したのだ。

見《み》ている広一《こういち》の胸《むね》の中《なか》を記憶《きおく》が走《はし》った。そう、典夫《のりお》が広一《こういち》の部屋《へや》の隣《となり》に引《ひ》っ越《こ》してきた日《ひ》のことだ。あのとき、典夫《のりお》は、ほんのわずかな停電《ていでん》だというのに、なんだかえたいの知《し》れぬ熔解機《ようかいき》のようなものを使《つか》ったではないか。

考《かんが》えているひまはなかった。そんなことをしているうちに、取《と》り返《かえ》しのつかないことが起《お》こってしまうかもしれない。

広一《こういち》は、いま、典夫《のりお》につかみかかろうとしている三年生《ねんせい》のまっただなかにとびこんだ。

「なんだ、おまえ！」

「やめてくれ！」

広一《こういち》がどなろうとしたときには、ひとりがうなるような速度《そくど》で、すごいフックを入《い》れてきた。

広一《こういち》は腰《こし》をおとした。相手《あいて》の足《あし》にとびつくと、片方《かたほう》をつかんで、力《ちから》いっぱい立《た》ちあがった。

相手《あいて》の体《からだ》が宙《ちゅう》に舞《ま》うと、ダァンという響《ひび》きとともに、地《ち》に落《お》ちた。

「助太刀《すけだち》か？」

三年生《ねんせい》がせせら笑《わら》った。

「おまえはクラス委員《いいん》じゃないのか……それが、運動会《うんどうかい》をめちゃめちゃにしたやつらをかばうのかよ！」

「違《ちが》うんだ。」

広一《こういち》はいった。

「それどころじゃない。」

しかし、説明《せつめい》している余裕《よゆう》はなかった。えものを見《み》つけた猛獣《もうじゅう》のように、その三年生《ねんせい》たちは、どっと広一《こういち》につっかかってきた。

（なるほど。愛校心《あいこうしん》は口実《こうじつ》か。）

広一《こういち》は心《こころ》の中《なか》で笑《わら》った。

(なんでもいい、理由《りゆう》を作《つく》って騒《さわ》ぎを起《お》こすつもりなんだな。)

すると、心《こころ》がにわかに澄《す》んできた。ちらっと見《み》ると、典夫《のりお》たち五人《にん》は、腕《うで》を組《く》みあって、じっとこちらを見《み》つめている。

広一《こういち》の目《め》の前《まえ》を火花《ひばな》が飛《と》んだ。パンチだ。彼《かれ》は手《て》にふれたものを引《ひ》き寄《よ》せると、やみくもにその足《あし》をはらった。つづいてにぎられた左腕《ひだりうで》を押《お》し返《かえ》し、もう一度《いちど》強《つよ》く押《お》してくるところを、腰《こし》をひねった。

はらい腰《ごし》。

相手《あいて》の体《からだ》は一回転《かいてん》して地面《じめん》にたたきつけられる。

「なまいきな!」

たちまち広一《こういち》は乱打《らんだ》を浴《あ》びた。ほおに、頭《あたま》に、それから腰《こし》に……最後《さいご》に、重《おも》いものが腹《はら》にくいこむと、彼《かれ》はへたへたと倒《たお》れてしまった。

頭《あたま》をかかえて倒《たお》れたまま、広一《こういち》はやがてくるはずの足《あし》げりを待《ま》った。だが、それは、いつまで待《ま》ってもやってこなかったのだ。

ゆっくりと顔《かお》をあげる。三年生《ねんせい》たちは、同級生《どうきゅうせい》とそれから先生《せんせい》たちに取《と》り押《お》さえられていた。

（よかった……。）

同時《どうじ》に意識《いしき》が遠《とお》くなっていった。

ここだけではない

どこか遠《とお》くで、おおぜいの声《こえ》が聞《き》こえる。

広一《こういち》はぼんやりと目《め》を開《ひら》いた。午後《ごご》ももうおそい日《ひ》ざしが、窓《まど》わくを通《とお》してうすく床《ゆか》に落《お》ちていた。

保健室《ほけんしつ》だった。

「あら。」

声《こえ》がした。

「気《き》がついたのね。」

顔《かお》をめぐらすと、父《ちち》と母《はは》の顔《かお》がそこにあった。

「痛《いた》むか？」

父《ちち》がたずねた。

いわれてみると、頭《あたま》や腕《うで》には包帯《ほうたい》が巻《ま》かれていて、すこしばかりずきずきする。広一《こういち》はかすかにうなずいてみせた。

「あの連中《れんちゅう》、三年《ねん》では札《ふだ》つきだったらしいな……。」

と、父《ちち》。

「しかし、なかなか勇敢《ゆうかん》だったそうじゃないか。」

「こんな乱暴《らんぼう》なことをして……もしものことがあったら、どうするの？」

「あまりいってやるなよ。」

「だって……。」

「男《おとこ》というものは、そんなものだ。」

父《ちち》と母《はは》のやりとりを聞《き》きながら、広一《こういち》はぼんやり天井《てんじょう》を見《み》つめ、それから目《め》をとじた。どうやら父《ちち》と母《はは》、いや、学校《がっこう》の大多数《だいたすう》が、まるで広一《こういち》が五人《にん》の転校生《てんこうせい》をかばったように考《かんが》えているらしいのだ。

しかし、そんなことを説明《せつめい》したところで、どうなるというのだ。それに、広一《こういち》は、あの五人《にん》が校門《こうもん》に追《お》いつめられたときの表情《ひょうじょう》を忘《わす》れることができなかった。まるで世《よ》の中《なか》のすべてに絶望《ぜつぼう》したような暗《くら》い目《め》で、三年生《ねんせい》たちや、あとから追《お》ってきた生徒《せいと》たちを見《み》つめていたではないか。なかでも、典夫《のりお》の表情《ひょうじょう》ときたら……。

あの連中《れんちゅう》、ひょっとしたら、おびえていたんじゃなかろうか、と広一《こういち》は思《おも》った。

考《かんが》えてみれば、奇妙《きみょう》なことばかりだった。広一《こういち》が初《はじ》めて典夫《のりお》の異様《いよう》な行動《こうどう》を目撃《もくげき》したのは、エレベーターの中《なか》での停電《ていでん》のときである。それから、放射能《ほうしゃのう》を含《ふく》んだ雨《あめ》にぬれるかもしれないといったとき……ついで、こんどのジェット機《き》の轟音《ごうおん》だ。

何《なに》かがある……広一《こういち》は考《かんが》えつづけた。典夫《のりお》をはじめとして、あの転校生《てんこうせい》たちは、きっと秘密《ひみつ》を持《も》っているのだ。

「それで……。」

広一《こういち》は目《め》を開《ひら》くといった。

「みんなどうしたの？」

「おまえのけがが、たいしたことなさそうなんで。」

広一《こういち》の質問《しつもん》の意味《いみ》をとりちがえた父《ちち》が説明《せつめい》した。

「わたしたちは、運動会《うんどうかい》をつづけるように、先生《せんせい》がたにたのんだのだ。……もうそろそろ終《お》わるころだろう。」

「だいじょうぶ？」

だしぬけに大《おお》きな声《こえ》が、保健室《ほけんしつ》の中《なか》にとびこんできた。大谷先生《おおたにせんせい》だった。

大谷先生《おおたにせんせい》は、父《ちち》と母《はは》にわびを何度《なんど》もいうと、こんどは広一《こういち》に向《む》きなおった。

「ほんとにだいじょうぶ？　お医者《いしゃ》さんは、けがはたいしたことはない……軽《かる》い脳《のう》しんとうをおこしただけだとおっしゃっていたけれど……。」

「いや、もうだいじょうぶです。」

そう答《こた》えたのは父《ちち》だった。

「三日《みっか》もすればよくなりますよ。」

「ありがとう、岩田《いわた》くん。」

大谷先生《おおたにせんせい》が頭《あたま》をさげた。

「あのままじゃ学校《がっこう》じゅうが乱闘《らんとう》になるところだった……よく止《と》めてくれたわね。」

「でも、こんな妙《みょう》な事件《じけん》、きっと大問題《だいもんだい》になりますわ。」

母《はは》がつぶやくようにいう。大谷先生《おおたにせんせい》はそれを肯定《こうてい》もせず、否定《ひてい》もせずといった調子《ちょうし》でうなずいてみせた。

「あの三年生《ねんせい》たちはいま、生活指導《せいかつしどう》の先生《せんせい》によばれています。」

「新聞《しんぶん》や、警察《けいさつ》の人《ひと》もきていたようですが……。」

「ええ。それが妙《みょう》なんです。」

「………」

「こんな事件《じけん》は、うちが初《はじ》めてじゃないっていうんです。」

「なんですって？」

おどろいたのは広一《こういち》だった。彼《かれ》は体《からだ》を起《お》こすと、たずねた。

「同《おな》じような事件《じけん》が、ほかでもあるんですか？」

「広一《こういち》！」

「だいじょうぶだよ。それよりも……ね、先生《せんせい》、それはどういうことですか？」

「大阪市内《おおさかしない》の……。」

大谷先生《おおたにせんせい》はひとみを澄《す》ませるとつづけた。

「小学校《しょうがっこう》や高校《こうこう》を含《ふく》めた十数校《じゅうすうこう》で、同《おな》じような転校生《てんこうせい》のために、いろんな事件《じけん》が起《お》こっているというのよ。」

「…………」

「それでね……しらべてみると、みんなお人形《にんぎょう》のようにかわいくてね、学業《がくぎょう》もスポーツもずばぬけているんですって……。それから。」

先生《せんせい》はそっと窓《まど》の外《そと》を見《み》た。父《ちち》も母《はは》も広一《こういち》も息《いき》をつめて、つぎの言葉《ことば》を待《ま》った。

「その転校生《てんこうせい》はね……、みんな同《おな》じ日《ひ》に大阪市内《おおさかしない》に転居《てんきょ》してきたらしいのよ。」

こんどこそ、広一《こういち》はおどろいた。偶然《ぐうぜん》だろうか……いや、偶然《ぐうぜん》にしてはあまりに話《はなし》が合《あ》いすぎている。

「妙《みょう》ですな。で、その子《こ》たちの戸籍《こせき》はどうなっているんですか？」

「戸籍《こせき》はちゃんとあるんです。ある新聞社《しんぶんしゃ》の人《ひと》が警察《けいさつ》から聞《き》きこんだところによると、全員《ぜんいん》、東《とう》京都内《きょうとない》の同《おな》じ区《く》にあるということです。」

「………」

「どうやら、これは、阿南中学《あなんちゅうがく》だけの問題《もんだい》ではなさそうです。あまりに奇怪《きかい》なことなので、警察《けいさつ》側《がわ》が、新聞社《しんぶんしゃ》のかたに、もうすこしはっきりするまで発表《はっぴょう》を見合《みあ》わせてくれないかと、たのんでいるらしいんです。」

「で、新聞社《しんぶんしゃ》は？　承知《しょうち》したんですか？」

「さあ。」

先生《せんせい》は首《くび》を振《ふ》った。

「いままでの事件《じけん》というのは、新聞《しんぶん》にのせるほどのものじゃなかったけど、こんどはどうでしょうか。」

「いったい、何《なに》をするつもりなんでしょう。」

広一《こういち》はたずねた。

「みんなでしめしあわせて、この大阪《おおさか》を、どうかするんでしょうか。」

「わからないわ。」

さすがの大谷先生《おおたにせんせい》も首《くび》を振《ふ》るばかりだった。

「これから何《なに》が起《お》こるのか……わたしにはわからない。」

しかし、話《はなし》はそこまでしかできなかった。運動会《うんどうかい》が終《お》わったため、クラスメートがどやどやと保健室《ほけんしつ》の中《なか》になだれこんできたからである。

にくしみに燃《も》える目《め》

広一《こういち》のけがは、たいしたことはなかった。なんといっても若《わか》いのだし、それにかすり傷《きず》や打《う》ち身《み》だけだったので、運動会《うんどうかい》の翌日《よくじつ》の休日《きゅうじつ》をおくと、すっかり元気《げんき》になって登校《とうこう》することができたのである。

教室《きょうしつ》にはいった広一《こういち》は、クラスの雰囲気《ふんいき》ががらりと違《ちが》っているのに気《き》がついた。ひとことでいえば、みんながひどく広一《こういち》に好意的《こういてき》になっていたのだ。

「もういいの?」

みどりがたずねた。

「ずいぶんなぐられたそうじゃない。」

「なあ岩田《いわた》、おまえちょっと格好《かっこ》よかったぞ!」

ひとりがいった。

「おれ、おどろいちゃった。」

別《べつ》の生徒《せいと》が肩《かた》をすくめた。

広一《こういち》はみんなに囲《かこ》まれながら、ちらりと教室《きょうしつ》のすみを見《み》る。

そこには典夫《のりお》がいた。ぽつんとひとりすわったまま、こちらを見《み》ている。その視線《しせん》が広一《こういち》のそれと合《あ》うと、典夫《のりお》は目《め》をふせた。

広一《こういち》は内心《ないしん》、いささか得意《とくい》だった。あの傲慢《ごうまん》な典夫《のりお》がそんな態度《たいど》を示《しめ》したのだ。自分《じぶん》を見舞《みま》いにもこなかったことも忘《わす》れて、広一《こういち》はわずかながら典夫《のりお》に好意《こうい》を持《も》ったくらいである。

それは、どうあがいてもどうにもならなかったライバルに、初《はじ》めておぼえた優越感《ゆうえつかん》のなせるわざだということも、広一《こういち》にはよくわかっていたが……。

だが、一時間目《じかんめ》の授業《じゅぎょう》が始《はじ》まると同時《どうじ》に、とんでもないことがもちあがるとは、まだ広一《こういち》は気《き》がついていなかった。

「ああ岩田《いわた》くん。」

教室《きょうしつ》へはいってくるとすぐ、大谷先生《おおたにせんせい》は広一《こういち》を認《みと》めて呼《よ》びかけた。

「もういいの？」

「ごらんのとおりです。」

広一《こういち》は立《た》ちあがると、体《からだ》のあちこちをたたいてみせた。

「完全復旧《かんぜんふっきゅう》。」

みんながどっと笑《わら》った。

「栄養《えいよう》がいいからな。」

と、だれかがいう声《こえ》もまじった。

先生《せんせい》はちょっと微笑《びしょう》すると、こんどは典夫《のりお》のほうをむいた。

「山沢《やまざわ》くん、岩田《いわた》くんにお礼《れい》をいったの？」

「そんな必要《ひつよう》はないと思《おも》います。」

典夫《のりお》が静《しず》かに答《こた》えたので、いままで浮《う》いていたクラスの気分《きぶん》は、いっぺんに重《おも》くなってしまった。

「でも、山沢《やまざわ》くん、あなた助《たす》けてもらったんじゃない？」

「そうだ、そうだ。」

クラスの連中《れんちゅう》が、がやがやいった。

「運動会《うんどうかい》のさいちゅうに逃《に》げだすなんて、三年生《ねんせい》でなくったって、怒《おこ》るのがあたりまえだ。」

「ぼくはあんなやつ、いつでもやっつけられたんだ！」

ひびきわたった典夫《のりお》の声《こえ》に、教室《きょうしつ》は騒然《そうぜん》となった。

「卑怯《ひきょう》よ！」

「いまなら、なんでもいえるさ！」

という声《こえ》が乱《みだ》れとんだ。

典夫《のりお》は立《た》ったまま、じっとクラスをながめわたした。

(あの目《め》だ。)

広一《こういち》は感《かん》じた。(にくしみに燃《も》えている目《め》だ。)

「ぼくはたしかに軽率《けいそつ》でした。」

典夫《のりお》は押《お》し出《だ》すようにいいはじめた。

「ぼくはたしかに、ジェット機《き》の音《おと》におどろいて逃《に》げた……しかし、なぜ、それでなぐられなくちゃならないんです？　なぜ、みんなにそんな目《め》で見《み》られなくちゃならないんです？」

教室《きょうしつ》じゅうがシーンと静《しず》まりかえっていた。

大谷先生《おおたにせんせい》も教科書《きょうかしょ》とチョークを手《て》にしたまま、あきれたように典夫《のりお》を見《み》つめているばかりだった。思《おも》いもかけぬ典夫《のりお》の発言《はつげん》に言葉《ことば》もないという感《かん》じである。

「ぼくは、いやぼくたちは、といおう。もういまじゃだれでも知《し》っている……ぼくたちはあんな連中《れんちゅう》にいくらとりかこまれたって、なんともないんだ。ぼくたちはパラライザーというものを持《も》っている。それさえ使《つか》えば、あんなやつの十人《にん》や二十人《にん》……。」

「ね、岩田《いわた》くん、パラライザーって何《なに》？」

香川《かがわ》みどりが早口《はやくち》にささやいた。

「神経麻痺銃《しんけいまひじゅう》さ。マンガなどによく出《で》てくるやつだ。」

「だから、べつに助《たす》けてもらう必要《ひつよう》はなかったんだ……だいいち、みんなは、ぼくたちのことを、何《なに》かといえば笑《わら》う……なぜおかしいんだ？　あんなすごい音《おと》を聞《き》いて、平気《へいき》なほうがおかしいんじゃないのか？」

典夫《のりお》の声《こえ》は、しだいに悲愴《ひそう》な感《かん》じさえおびてきた。

「みんな、知《し》らないんだ。怖《こわ》さを知《し》らないんだ。」

「どういう意味《いみ》？」

やっとわれに返《かえ》った大谷先生《おおたにせんせい》が、ぼんやりとたずねた。

「ミサイルですよ！」

わかりきっているといわんばかりの典夫《のりお》の口調《くちょう》だった。

「原子爆弾《げんしばくだん》……水爆《すいばく》……ニュートロン爆弾《ばくだん》……ミサイル……そんな、いつ頭《あたま》の上《うえ》で爆発《ばくはつ》するかわからない世界《せかい》に住《す》んでいて、よくそれだけ平気《へいき》でいられますね。このD《ディー》—15世界《せかい》じゃ、なるほどすこしばかり科学《かがく》の発達《はったつ》はおくれています。が、どうせ時間《じかん》の問題《もんだい》なんだ……おそかれ早《はや》かれ、核戦争《かくせんそう》は起《お》こるんだ……ぼくたちは、ここなら核戦争《かくせんそう》は起《お》こらずにすむと思《おも》ったのに……。」

典夫《のりお》は泣《な》いていた。

「……核戦争《かくせんそう》のおそろしさを知《し》っている者《もの》がいるか？　ひらめく閃光《せんこう》……倒《たお》れる何百万《なんびゃくまん》の人々《ひとびと》。苦《くる》しみながらコンベアーの上《うえ》を流《なが》れてゆく男女《だんじょ》……刻一刻《こくいっこく》とせまってくる死《し》の灰《はい》……滅亡《めつぼう》しながら、それでもめちゃくちゃに飛《と》びたってゆく報復《ほうふく》ロケット……血《ち》だ！　焼《や》けただれたはだかだ！　あの暮《く》れゆく空《そら》につっ立《た》つ、もも色《いろ》に光《ひか》る半球形《はんきゅうがた》の雲《くも》……助《たす》けてくれ！　助《たす》けてくれェ！」

「やめなさい！」

大谷先生《おおたにせんせい》が、典夫《のりお》の肩《かた》を激《はげ》しくゆすぶった。

「山沢《やまざわ》くん！」

「……ぼ、ぼくは。」

あえぎながら、典夫《のりお》は口《くち》を開閉《かいへい》した。

「逃《に》げて……。」

「しっかりしなさい！」

典夫《のりお》は大《おお》きく息《いき》をついた。

「そうです……ここはまだ、核戦争《かくせんそう》にはなっていなかったんです……とり乱《みだ》してすみませんでし

た。」

もはや教室《きょうしつ》のだれひとり、笑《わら》いもしなければ、ののしりもしなかった。みんなは魚《さかな》のようにだまったまま、大谷先生《おおたにせんせい》と典夫《のりお》を見《み》つめているばかりだった。

くずれるようにいすにすわった典夫《のりお》に、大谷先生《おおたにせんせい》はやさしくいった。

「気分《きぶん》が悪《わる》いんじゃない？」

典夫《のりお》はうなずいた。

「すみません……早退《そうたい》してもいいでしょうか。」

「いいわ。」

先生《せんせい》はいった。

「あなたの家《いえ》は近《ちか》いんだから、気分《きぶん》がよくなったら、また出《で》てきてもいいのよ。」

「はい。」

典夫《のりお》は素直《すなお》に荷物《にもつ》をまとめると、ふらりと立《た》ちあがった。

「送《おく》っていこう。」

広一《こういち》は思《おも》わず声《こえ》をかけたが、典夫《のりお》はかすかに首《くび》を振《ふ》った。

「いいんだよ。」

ドアがしまり、足音《あしおと》が遠《とお》ざかってゆくあいだ、教室《きょうしつ》はまるで死《し》んだようだった。が、だしぬけにだれかが、吐息《といき》をもらすようにいった。

「あいつ、本物《ほんもの》の核戦争《かくせんそう》を見《み》たんだ！」

そんなことがありうるのだろうか？　広一《こういち》はぞっとしながら考《かんが》えた。

あの声《こえ》といい、表情《ひょうじょう》といい、たしかに典夫《のりお》は体験者《たいけんしゃ》のようだった。それもミサイルが飛《と》びかい、都市《とし》という都市《とし》が蒸発《じょうはつ》してゆく世界《せかい》を、まるで見《み》ているかのようだったではないか。

とすれば、なぞはすべて解《と》ける……。いつも核戦争《かくせんそう》の恐怖《きょうふ》におびえながら生《い》きてゆく人間《にんげん》にとっては、たとえ自動車《じどうしゃ》のパンクする音《おと》であっても、感覚的《かんかくてき》に恐怖《きょうふ》の再現《さいげん》になるだろう。

しかし……広一《こういち》は首《くび》を振《ふ》った。それじゃ、典夫《のりお》はどこからきたというのだ。この地球上《ちきゅうじょう》ではまだそんな状態《じょうたい》は起《お》こっていない。それに、典夫《のりお》は、ここがD《ディー》—15世界《せかい》だなどといった。なぞは解《と》けたのではない。逆《ぎゃく》に深《ふか》まってしまったのである。

ぼく行《い》ってくる

その夜《よる》のことだ。

いつものように補習《ほしゅう》でおそくなった広一《こういち》が帰《かえ》ってみると、父《ちち》と母《はは》が食卓《しょくたく》で、何《なに》かひそひそと話《はな》しあっていた。

「ああ、広一《こういち》か。」

顔《かお》をあげると、父《ちち》がいった。

「まあこれを読《よ》んでごらん。」

夕刊《ゆうかん》だった。

「どうかしたの？」

いいながら目《め》をうつす。とたんに大《おお》きな見出《みだ》しがとびこんできた。

〝大阪《おおさか》に出現《しゅつげん》した天才少年少女《てんさいしょうねんしょうじょ》〟

そしてその横《よこ》には、〝まったくのなぞ〟とか、〝常識《じょうしき》では説明《せつめい》できない数々《かずかず》の行動《こうどう》〟などと書《か》かれている。

広一《こういち》はどきんとした。その記事《きじ》を息《いき》もつかずに読《よ》んだ。

やはり、典夫《のりお》たちのことであった。最近大阪《さいきんおおさか》に移《うつ》ってきた少年少女《しょうねんしょうじょ》が、ふつうでは考《かんが》えられないようなすぐれた頭脳《ずのう》と、運動神経《うんどうしんけい》を持《も》っていること。その正体《しょうたい》については、だれも知《し》らないということが、いろんな実例《じつれい》とともにしるされていたのだ。

読《よ》みながら広一《こういち》は、きょう学校《がっこう》で起《お》こった事件《じけん》のことを思《おも》い出《だ》していた。あのとき、典夫《のりお》は狂《くる》ったようになって、核戦争《かくせんそう》の恐怖《きょうふ》を訴《うった》えつづけていた。それは、まるで現場《げんば》にいるような迫真《はくしん》感《かん》と恐怖《きょうふ》に満《み》ちたものであった。

どう考《かんが》えても、お芝居《しばい》ではない、と広一《こういち》は思《おも》った。実際《じっさい》にそうした世界《せかい》の終末《しゅうまつ》を見《み》てきたかのように、泣《な》きながら叫《さけ》んでいたではないか。

「広一《こういち》、どうした。」

父《ちち》がたずねたので、広一《こういち》はきょうの話《はなし》をかいつまんで話《はな》した。

「妙《みょう》だな。」

「なんだか、気味《きみ》が悪《わる》いわ。」

「でも、ぼく、山沢《やまざわ》くんは、ほんとうのことをいったんだと思《おも》うよ。」

広一《こういち》は考《かんが》え考《かんが》えいった。

「なんだか、ぼくたちまで、髪《かみ》の毛《け》が逆立《さかだ》つような感《かん》じだった。」

「とにかく、これからお隣《となり》は、いろんな連中《れんちゅう》の訪問《ほうもん》で悩《なや》まされるだろうな。」

と、父《ちち》。

「どっちみち、山沢《やまざわ》一家《いっか》は決《けっ》して会《あ》おうとしないだろうが。」

「ぼく、ちょっと隣《となり》へ行《い》ってみるよ。」

だしぬけに広一《こういち》がいいだしたので、父《ちち》も母《はは》もびっくりしたように息子《むすこ》の顔《かお》をながめた。

「行《い》って、どうする?」

「まだごはんも食《た》べていないじゃないの。」

「いいんだ。」

広一《こういち》は唇《くちびる》を結《むす》んでいった。

「それに、きょう学校《がっこう》であったことも連絡《れんらく》しないといけないし。」

「さあ……どうかなあ。」

父《ちち》は懐疑的《かいぎてき》だった。

「お隣《となり》じゃ、うるさく干渉《かんしょう》されるのは、いやだろうと思《おも》うがね。」

「でも……やってみる。」

そのときにはもう、広一《こういち》は玄関《げんかん》でサンダルをつっかけていた。

「帰《かえ》ってきたら、ごはん食《た》べられるようにしておいてね。」

不適応者《ふてきおうしゃ》かね

予想《よそう》どおり、何度《なんど》ブザーを押《お》しても、山沢家《やまざわけ》からはだれひとり出《で》てこなかった。きっといつものように、外部《がいぶ》の人間《にんげん》を極度《きょくど》に警戒《けいかい》しているのにちがいない。

なんのためにこんなことをしているんだろう……広一《こういち》はふと自分《じぶん》がばかばかしくなった。

でも、かまうもんか。広一《こういち》には用事《ようじ》があった。それが、典夫《のりお》にきょうの学校《がっこう》のことを報告《ほうこく》するという、ささやかな用事《ようじ》であり、典夫自身《のりおじしん》にとって一日《にち》ぐらい学校《がっこう》へ行《い》かなくってもぜんぜん影響《えいきょう》がないのはわかっていても、とにかく、用事《ようじ》にはちがいなかった。

広一《こういち》はドアをたたきはじめた。

「ぼくですよ！」

叫《さけ》んでみる。

「典夫《のりお》くんと同《おな》じクラスの、隣《となり》の岩田広一《いわたこういち》です。」

すると、ドアがわずかに開《ひら》かれた。

典夫《のりお》の目《め》がちらっと見《み》えた。

「なんの用《よう》?」

「きょうの連絡《れんらく》にきた。」

広一《こういち》は必死《ひっし》でまくしたてた。

「それに、きょうの夕刊《ゆうかん》を見《み》たろう? できることなら一度《いちど》、ゆっくりと話《はなし》をしたいんだ。」

典夫《のりお》がだまっているので、広一《こういち》はしゃべりつづけた。

「きみたちは知《し》らないだろうが、きみたちのことは、いまじゃ、みんなのうわさのまとなんだよ! もしぼくにできることがあったらなんでもする。だから一度《いちど》ゆっくりと話《はなし》をさせてくれ!」

「典夫《のりお》、入《い》れてあげたらどうだ。」

奥《おく》から声《こえ》がした。典夫《のりお》のお父《とう》さんの声《こえ》らしかった。

典夫《のりお》はドアを開《ひら》くと、しばらく広一《こういち》を見《み》つめていたが、やがて、

「はいれよ。」

と、短《みじか》くいった。

広一《こういち》はよろこびをかくすことができなかった。あんなにも固《かた》くとざされていた、この山沢典夫《やまざわのりお》の家《いえ》に初《はじ》めてはいることができる。なぜ広一《こういち》にだけ、そんな特典《とくてん》が与《あた》えられたのかを考《かんが》えるまえ

に、彼《かれ》は玄関《げんかん》の中《なか》にふみこんでいた。

しかし、広一《こういち》はそのまま、ぎくりとしてつっ立《た》つほかはなかった。先客《せんきゃく》がいたのだ。２ＤＫ《ディーケー》の団地《だんち》の部屋《へや》にあふれるように、何人《なんにん》かの大人《おとな》がすわりこんでしゃべっていた。それが、広一《こういち》がはいると同時《どうじ》にいっせいに振《ふ》り向《む》いたのだ。高《たか》い鼻《はな》、澄《す》んだひとみ、整《ととの》った十何人《じゅうなんにん》かの白《しろ》い顔《かお》が、じっと広一《こういち》を見《み》たのである。

なかのひとりが立《た》った。典夫《のりお》のお父《とう》さんだ。

「こちらへ。」

「はあ。」

もじもじする広一《こういち》を、典夫《のりお》がつついた。

「早《はや》く、あがれよ。」

それは妙《みょう》に親《した》しみのこもった声《こえ》であった。はっとした広一《こういち》が振《ふ》り返《かえ》ったとき、典夫《のりお》はにっこりしてみせたのである。

そんな微笑《びしょう》を、広一《こういち》はいままで見《み》たことがなかった。それほど明《あか》るく、美《うつく》しい表情《ひょうじょう》だったのだ。

（どうなっているんだ。）

広一《こういち》は混乱《こんらん》した頭《あたま》の中《なか》で考《かんが》えようとした。が、さっぱりわけがわからないので、いわれるままに、奥《おく》の部屋《へや》に人々《ひとびと》をかきわけながらはいっていった。

典夫《のりお》のお父《とう》さんは、広一《こういち》の横《よこ》に立《た》つと、何《なに》やらわからない言葉《ことば》で早口《はやくち》に説明《せつめい》していた。一段落《いちだんらく》ついたのだろう、こんどは広一《こういち》のほうに向《む》きなおると、やさしく語《かた》りかけた。

「岩田広一《いわたこういち》くん、だったね。」

「はい。」

異様《いよう》な雰囲気《ふんいき》にのまれたまま、広一《こういち》は答《こた》えた。

まったく、なんというながめだったろう。外《そと》から見《み》えない奥《おく》の間《ま》にあるのは、ふつうの家具《かぐ》ではない。にぶく光《ひか》る複雑《ふくざつ》な金属製《きんぞくせい》の、見慣《みな》れぬ道具《どうぐ》ばかりである。そういえば天井《てんじょう》からさがっているのも、ただの蛍光灯《けいこうとう》ではなく、放射状《ほうしゃじょう》をした光《ひか》る物体《ぶったい》がいくつか重《かさ》ねられたもので、まるで別世界《べっせかい》にでもきたようだった。

「きょうの夕刊《ゆうかん》にも書《か》かれてしまったことだし……それに、きみはもう気《き》づいていると思《おも》うが、ここにいるのは、みんなわたしたちの仲間《なかま》なんだよ。」

典夫《のりお》のお父《とう》さんはいった。

広一《こういち》はしだいに不安《ふあん》になってきた。こんなことを見《み》たり聞《き》いたりして、自分《じぶん》はだいじょうぶなんだろうか。あとで秘密《ひみつ》がもれないように処分《しょぶん》されてしまうんではないだろうか……。

しかし典夫《のりお》のお父《とう》さんは、それを見抜《みぬ》いたように、ゆっくりとしゃべりはじめた。

「心配《しんぱい》しなくてもいい……わたしたちは、スパイでもなんでもない。理解《りかい》してくれる可能性《かのうせい》のある人《ひと》には、いつでも真実《しんじつ》を見《み》せることにしている。」

「………」

「いまは説明《せつめい》できないが。」

典夫《のりお》のお父《とう》さんは緑色《みどりいろ》がかった明《あか》るい光《ひかり》の下《した》で、ちょっと顔《かお》をしかめた。

「わたしたちは、ある集団《しゅうだん》なのだ。それも、秘密結社《ひみつけっしゃ》でもなんでもなく、ごく平和《へいわ》な目的《もくてき》のための集団《しゅうだん》なんだよ。」

「それが……。」

「まあ聞《き》きなさい。わたしたちは、この世界《せかい》……。」

「D《ディー》―15世界《せかい》ですか？」

広一《こういち》がすばやく反問《はんもん》したので、典夫《のりお》のお父《とう》さんはちょっとだまった。それから覚悟《かくご》を決《き》めたようにつづけた。

「そう、このD《ディー》―15世界《せかい》で、うまくみんなととけあって暮《く》らしていくつもりだった。しかし、それがどうも、いろいろ不都合《ふつごう》な点《てん》が出《で》てきたらしい。はっきりきくが、わたしたちは不適応者《ふてきおうしゃ》かね？」

「不適応者《ふてきおうしゃ》？」

「つまり、みんなとなじめない、別《べつ》の人間《にんげん》のように見《み》えるかね？」

「とんでもない。」

広一《こういち》は断言《だんげん》した。

「立派《りっぱ》にみんなと生活《せいかつ》していけます……ただ。」

「ただ？」

「ひとことではいえませんが。」

広一《こういち》はすっかり自信《じしん》を取《と》りもどしていた。

「みなさん、あんまり優秀《ゆうしゅう》すぎるんです。それに、すごく神経《しんけい》が細《ほそ》い。」

「………」

「みなさんがなんだか、ぼくは知《し》りません。でも、ふつうの人間《にんげん》なら、もうすこしにぶくて、のんびりしています。それが、かえっていけないんじゃ……。」

「ねえ、きみ。」

ひとりがたずねた。

「ひとつの世界《せかい》で安全《あんぜん》に暮《く》らすためには、何事《なにごと》にもずばぬけているのがいちばんたしかだ……そうじゃないだろうか。」

むずかしい質問《しつもん》だった。だが、それはどことなく違《ちが》っているように思《おも》われた。

「よくわかりませんが……そうじゃないように思《おも》います。」

またひとりが質問《しつもん》をしようとしたが、典夫《のりお》のお父《とう》さんは手《て》をあげて制《せい》した。

「きょうは初《はじ》めてこの世界《せかい》の人《ひと》と直接話《ちょくせつはな》しあったんだ。このくらいでいいでしょう。」

全員《ぜんいん》がうなずくのを見《み》て、典夫《のりお》のお父《とう》さんは広一《こういち》の肩《かた》をたたいた。

「ありがとう。わたしたちは、もっと、みんなとなじむようにしなくちゃならないようだ。」

それから笑《わら》ってこうもいった。

「この家《いえ》のことはだれに話《はな》してくれてもいい……わたしたちは、そのくらいのことをするべきだった。」

典夫《のりお》に送《おく》り出《だ》されながら、広一《こういち》は呆然《ぼうぜん》としていた。いまだに夢《ゆめ》を見《み》ているような、そんな気持《きも》ちだった。

しかし、典夫《のりお》たちがなぜ突然《とつぜん》に、広一《こういち》に好意的《こういてき》な態度《たいど》をとるようになったのか――それは翌日《よくじつ》になっていささか思《おも》いあたった。

たいへんなの

すがすがしい朝《あさ》だった。窓《まど》をあけっぱなしにしていると、すこし冷《つめ》たいくらいの風《かぜ》が音《おと》もなくはいりこんでくるのだ。

教室《きょうしつ》の空気《くうき》も、運動会《うんどうかい》まえとは、すっかり違《ちが》っている感《かん》じだった。なんといってもみんなの頭《あたま》の中《なか》には、高校受験《こうこうじゅけん》のことがそろそろのしかかってきていたのだ。

大谷先生《おおたにせんせい》は、そうしたクラスの感《かん》じを気《き》にしているのかいないのか、淡々《たんたん》と出席《しゅっせき》をとってゆく。

「松田《まつだ》くん、松宮《まつみや》くん、村上《むらかみ》くん、村橋《むらはし》くん……。」

そして最後《さいご》が典夫《のりお》だった。

「山沢《やまざわ》くん……山沢《やまざわ》くん？　ああ、欠席《けっせき》しているのね。」

先生《せんせい》は目《め》をあげた。

「だれか、山沢《やまざわ》くんのこと、聞《き》かなかった？」

みんな、何《なに》もいわなかった。それから期《き》せずして、その視線《しせん》が広一《こういち》のほうに向《む》けられたのだ。

「ぼくも、知《し》りません。きのうの晩《ばん》、会《あ》ったんですが……。」

広一《こういち》がいいかけると、たちまち全員《ぜんいん》が、がやがやしゃべりはじめた。

「それ、ほんとう？　岩田《いわた》くん。」

「ぼくがなぜ、うそをいわなくちゃいけないんです？」

広一《こういち》は心外《しんがい》だといわんばかりに大《おお》きな声《こえ》を出《だ》した。

「たしかにぼく、きのう山沢《やまざわ》くんの家《いえ》に行《い》きました……でも、きょう欠席《けっせき》するということは知《し》らなかったんです。」

「おどろいたわ。」

香川《かがわ》みどりが嘆息《たんそく》まじりにつぶやいた。

「いままで山沢《やまざわ》くんの家《いえ》の中《なか》にはいった人《ひと》ってなかったのに……どういう風《かぜ》の吹《ふ》きまわしなの？」

「岩田《いわた》くん……。」

大谷先生《おおたにせんせい》が呼《よ》んでいた。

「岩田《いわた》くん！」

「はい！」

「あとで……。」

先生《せんせい》は、広一《こういち》とみどりを等分《とうぶん》に見《み》ながらいった。

「職員室《しょくいんしつ》にきて、山沢《やまざわ》くんがどうだったか、話《はな》してちょうだい……わかった？」

「……はい。」

「よろしい。それじゃ教科書《きょうかしょ》を開《ひら》いて！」

先生《せんせい》は、もういつものきびしい大谷先生《おおたにせんせい》にもどっていた。

「ね、岩田《いわた》くん。」

みどりがしきりに広一《こういち》をつっついていた。

「ほんとうに山沢《やまざわ》くんの家《いえ》へ行《い》ったの？　中《なか》にはいったの？」

広一《こういち》はみどりをじろりと見《み》た。

「うるさいなあ、いまは授業中《じゅぎょうちゅう》だよ。」

「まあ。」

みどりはつんとして、それっきり広一《こういち》に話《はな》しかけようとはしなかった。

まあいいさ……と広一《こういち》は思《おも》った。怒《おこ》るんなら、怒《おこ》っていればいい。

それにしても、きのうはいったい、どういうわけで、あんなふうに親切《しんせつ》にしてくれたんだろう。わざわざ集会《しゅうかい》らしいところへまねき入《い》れて、いろいろきくなんて……。おかげで食事《しょくじ》のことさえ忘《わす》れていて、父《とう》さんも母《かあ》さんもびっくりしていたっけ。

それに、広一《こういち》にはあのときの典夫《のりお》の笑顔《えがお》が忘《わす》れられなかった。人間《にんげん》っていうのは表情《ひょうじょう》ひとつでどんなふうにも見《み》えるという。あんなに美《うつく》しい笑《わら》いというものを、広一《こういち》はかつて見《み》たことがなかったのだ。

……ぼくはどうかしているぞ、と広一《こういち》は思《おも》った。授業中《じゅぎょうちゅう》だというのに、これじゃ復習《ふくしゅう》がたいへんだ。もっと身《み》を入《い》れなくちゃ。

しかし、それはけっきょく実現《じつげん》しなかった。なぜならそのとき、ばたばたと足音《あしおと》がして、教室《きょうしつ》のドアががらっと開《ひら》かれたのだ。

「だれ?」

先生《せんせい》が振《ふ》り返《かえ》るのと同時《どうじ》に、広一《こういち》は叫《さけ》んでいた。

「母《かあ》さん。」

「ああ、広一《こういち》。」

母《はは》はすっかりうろたえていた。

「たいへんなのよ……いま、団地《だんち》で……団地《だんち》で。」

「なんだって？」

「お隣《となり》のね。」

母《はは》はしばらく荒《あら》い息《いき》をつくと、またいいだした。

「山沢《やまざわ》さんちでね、ひどい騒《さわ》ぎが起《お》こっているの。」

「え？」

「で、山沢《やまざわ》さんがね、すぐにあなたにきてほしいっていっているのよ。母《かあ》さんどうしようかと思《おも》ったけど、たいへんな騒《さわ》ぎでしょう……だから。」

「先生《せんせい》！」

広一《こういち》はいった。

「ぼく、ちょっと帰《かえ》りたいんですが……いけないでしょうか。」

「おれも行《い》くぞ！」

「あたしも。」

「ぼくだって、いっしょに行《い》くよ。」

クラスの全員《ぜんいん》が、いっせいに立《た》ちあがっていた。

そのままどっと外《そと》へあふれ出《で》ようとしたときだ。

「いけません！」

凛《りん》とした声《こえ》がひびきわたった。大谷先生《おおたにせんせい》だった。

みんなは棒《ぼう》をのんだように立《た》ちどまった。先生《せんせい》はきびしくいった。

「授業中《じゅぎょうちゅう》ですよ。あなたたちは勉強《べんきょう》のためにここへきているんです。」

強《つよ》い声《こえ》だった。

「呼《よ》ばれたのは、岩田《いわた》くんひとりなんです。岩田《いわた》くんは帰《かえ》りなさい。でも、みんなが教室《きょうしつ》を出《で》るべきじゃありません。」

みんな、がやがやと席《せき》についた。広一《こういち》が母《はは》といっしょに出《で》ようとしたとき、みどりが廊下《ろうか》まで追《お》ってきた。

「岩田《いわた》くん！」

みどりは、ひとみをじっと広一《こういち》に向《む》けた。

「山沢《やまざわ》くんのこと、お願《ねが》いね。」

「きみ……。」

広一《こういち》は胸《むね》をつかれた思《おも》いだった。

「きみは……山沢《やまざわ》が……好《す》きなんだな。」

みどりは何《なに》もいわなかった。ただ、こっくりとうなずくと、身《み》をひるがえして教室《きょうしつ》の中《なか》へ走《はし》りこんでいった。

だから撃《う》ったんだ

母《はは》といっしょに団地《だんち》まで帰《かえ》ってきた広一《こういち》は、思《おも》わず目《め》をみはった。

エレベーターの前《まえ》には、管理人《かんりにん》が立《た》ちはだかって叫《さけ》んでいる。

「故障《こしょう》です！　故障《こしょう》ですから、階段《かいだん》をのぼってください。」

エレベーターホールにひしめいているのは、カメラマンなどのマスコミ関係者《かんけいしゃ》とおぼしき人々《ひとびと》だった。ふたりは階段《かいだん》をかけのぼった。途中《とちゅう》で母《はは》が疲《つか》れてしまったので、四階《かい》からは広一《こういち》がひとりで二段《だん》とびにかけあがっていった。六階《かい》まできたときには息《いき》がきれて、はあはあいいながらのぼるしまつだった。

だが……六四〇号室《ごうしつ》の前《まえ》に来《き》た広一《こういち》は、あっと叫《さけ》んだ。

ドアの前《まえ》は、人《ひと》でいっぱいなのだ。団地《だんち》の人々《ひとびと》や管理人《かんりにん》、それに新聞記者《しんぶんきしゃ》やカメラマンのほかに、テレビカメラを持《も》っている人《ひと》さえいるのだった。

「あけろ！」

人々《ひとびと》はどなっていった。

「あけないのか！」

「どうしたんです。」

顔見知《かおみし》りの団地《だんち》の人《ひと》をつかまえて広一《こういち》がたずねると、その人《ひと》はおそろしそうに答《こた》えたのだ。

「どうもこうもありませんよ……六四〇号室《ごうしつ》の人《ひと》が、なんだか人《ひと》にけがをさせたということなんです。」

「けが？」

「そうだ。わしは見《み》たぞ。」

やじ馬《うま》のひとりがどなった。

「さっき病院《びょういん》へ連《つ》れていかれたんだが……すごいやけどだ。服《ふく》なんか、ぼろぼろに焼《や》けていたよ。助《たす》かることは助《たす》かるらしいがね。」

（しまった！）

後悔《こうかい》のようなものが、広一《こういち》の胸《むね》に突《つ》きささった。

（きっと、山沢家《やまざわけ》の者《もの》が、何《なに》かの武器《ぶき》を使《つか》ったんだ……いつかは、こんなことになると思《おも》っていた。）

「ぼくの友人《ゆうじん》を呼《よ》んでください！」

ののしりあう声《こえ》のなかに、少年《しょうねん》の鋭《するど》い叫《さけ》びがまじっていた。

(典夫《のりお》だ!)

「ぼくは、きみたちと直接話《ちょくせつはなし》をしたくないんだ。」

「なにを?」

「ばかをいうな!」

怒号《どごう》が乱《みだ》れるなかを、広一《こういち》は必死《ひっし》で人垣《ひとがき》をわけてはいりこんでいった。はねとばされそうになるのを、無理《むり》しながら、いちばん前《まえ》に出《で》た。

「そっちが悪《わる》いんじゃないんですか。」

ドアの内側《うちがわ》で典夫《のりお》は叫《さけ》んでいるのだった。

「ぼくの話《はなし》がわかる友人《ゆうじん》を呼《よ》んでください! 岩田広一《いわたこういち》っていうんです。」

「ぼくだぞ!」

広一《こういち》がどなると、ドアが開《ひら》いた。

手《て》を引《ひ》っぱられて広一《こういち》は、六四〇号室《ごうしつ》の中《なか》へよろめきながらはいった。

外《そと》の叫《さけ》び声《ごえ》はいっそう高《たか》くなった。

「よくきてくれたね。」

典夫《のりお》は泣《な》き笑《わら》いのような顔《かお》で広一《こういち》の手《て》をつかんだ。

「信《しん》じられるのはきみだけだ。ぼくらをほんとうに人間《にんげん》らしくあつかってくれたのは、いや、特《とく》別《べつ》な目《め》で見《み》なかったのは、きみだけだった。」

「しっかりしろ！　どうしたんだ。」

広一《こういち》はどなった。

「ぼくが留守番《るすばん》をしていたら、知《し》らない男《おとこ》がどう工作《こうさく》したのか、マスターキーでドアをあけてはいってきた……そして、写真《しゃしん》をとりまくるんだ……そんなことしなくたって……。」

典夫《のりお》は泣《な》いていた。

「だから、ぼくはレーザーで撃《う》ってやったんだ。」

この世界《せかい》には住《す》めない

広一《こういち》はしばらく、典夫《のりお》の顔《かお》を見《み》つめていた。

レーザーだと？

彼《かれ》は以前《いぜん》、原理《げんり》についてはきいたことがあった。結晶《けっしょう》ルビーの両端《りょうたん》に反射膜《はんしゃまく》を作《つく》り、光線《こうせん》を送《おく》りこむと、中《なか》で光《ひかり》は出《で》ることができず激《はげ》しく往復《おうふく》する。そしてある限度《げんど》に達《たっ》すると、うすいほうの反射膜《はんしゃまく》を突《つ》きぬけてビームがとび出《だ》すのだ。開発《かいはつ》の初期《しょき》の説明《せつめい》ではそういうことだったらしいが、その後《ご》いろんなレーザーが出《で》てきて、すでに現代《げんだい》では、いたるところで使《つか》われている。だから、レーザーそのものは知《し》っていた。そのなかでも強力《きょうりょく》なものになると、金属《きんぞく》でさえたちまち蒸発《じょうはつ》してしまうくらいの威力《いりょく》を持《も》つという。

だが、それを武器《ぶき》として使《つか》うとなると、まだまだ映画《えいが》やマンガの中《なか》のことでしかない。すくなくとも、いま典夫《のりお》の手《て》にある、銃身《じゅうしん》の太《ふと》い、先《さき》のとがったピストルのようなものは一般的《いっぱんてき》にはなっていないはずだった。

「それで、侵入《しんにゅう》した人《ひと》を撃《う》ったんだな？」

広一《こういち》はたずね、典夫《のりお》はうなずいた。

「すこし、ひどすぎたんじゃないか？」

「じゃ、どうすればよかったんだ！」

典夫《のりお》はくやしそうに叫《さけ》んだ。

「だまって、家《いえ》の中《なか》を荒《あ》らされるままにしておけとでもいうのか？」

「しかし。」

「ぼくはこれでも、レーザーの目盛《めも》りを最低《さいてい》にしてから撃《う》ったんだ！」

声《こえ》がふるえた。

「ぼくは殺人《さつじん》なんか、したくなかった。だから警告程度《けいこくていど》でやめておいたんだ！　それを……それを……。」

「わかった。」

広一《こういち》は典夫《のりお》の肩《かた》に手《て》をおいた。

「ぼくにまかせるんだ。」

典夫《のりお》の顔《かお》が、一瞬《いっしゅん》パッと明《あか》るくなったが、しかしすぐ、もとの暗《くら》さにかえってしまった。

「だめだ。」

と、典夫《のりお》はつぶやいた。

「みんな、あんなにさわいでいる……もうどうにもなりゃしないんだ。」

「だめかどうか、やってみようじゃないか。」

広一《こういち》は強《つよ》くいった。

「なんなら、ぼくがひとりで外《そと》の連中《れんちゅう》に話《はな》してやる。何《なに》もしないでここにいたら、かえって悪《わる》くなるばかりだぞ。」

事実《じじつ》、広一《こういち》のいうとおりだった。さきほど、いったん静《しず》まりかけたやじ馬《うま》は、中《なか》からなんの返《へん》事《じ》もないと知《し》ると、ふたたび猛然《もうぜん》とわめきはじめていたのだ。

「出《で》てこい!」

「おまえらのこと、新聞《しんぶん》で読《よ》んだぞ!」

と、どなる声《こえ》もまじっていた。

「天才《てんさい》かなんか知《し》らないが、人《ひと》をけがさせておいて、それですむと思《おも》うのか!」

「そうだ、そうだ。」

ののしる声《こえ》は、鉄《てつ》のドアまでふるわせているようだった。

「行《い》くぞ。」

広一《こういち》はいった。

「きみはここで、じっとしているんだ。」

「待《ま》ってくれ。」

典夫《のりお》は広一《こういち》の服《ふく》のはしをにぎった。

「いま出《で》ていったら、きみまであぶない……な、やめてくれ。」

広一《こういち》は微笑《びしょう》した。ふいに典夫《のりお》に弟《おとうと》のような感情《かんじょう》をおぼえたからだ。この美貌《びぼう》で、意地《いじ》っぱりで、すばらしく頭《あたま》のよい少年《しょうねん》の内心《ないしん》は、だれにもまして神経質《しんけいしつ》で、外《そと》からの圧迫《あっぱく》をおそれていることを、そのとき悟《さと》ったのである。

「やってみなきゃ、何事《なにごと》だって、結果《けっか》なんかわからないさ。」

広一《こういち》はいうと、典夫《のりお》の手《て》を振《ふ》りはらって、ドアをあけた。

同時《どうじ》に、廊下《ろうか》にひしめいていた群衆《ぐんしゅう》が、どっと後退《こうたい》した。が、出《で》てきたのが広一《こういち》だとわかると、こんどはじりじりと詰《つ》め寄《よ》ってきた。

「あの子《こ》どもはどうしたんだ?」

いつも団地《だんち》の中《なか》をうろうろしている、やくざっぽい青年《せいねん》が叫《さけ》んだ。

「あいつを引《ひ》っぱり出《だ》さないのか。」

「みなさん。」

広一《こういち》はどなった。

「みなさん、聞《き》いてください。」

がやがやいう声《こえ》が、しだいに低《ひく》くなっていった。

広一《こういち》は集《あつ》まっている人々《ひとびと》を見《み》た。なかば好奇心《こうきしん》、なかば義憤《ぎふん》にかられた表情《ひょうじょう》だった。

「みなさんのなかに、さっきけがをした人《ひと》の知《し》り合《あ》いがいますか？」

広一《こういち》は問《と》いかけた。みんなは顔《かお》を見合《みあ》わせたが、だれひとりとして知《し》っている者《もの》はなさそうだった。

「あの人《ひと》は、この山沢《やまざわ》くんの家《いえ》にだまってはいってきて、写真《しゃしん》をいろいろとっていたそうです。」

「いいかげんなことをいうな！」

さっきの青年《せいねん》だ。

「それは、あの家《いえ》の中《なか》にいるやつがいっているんだろう？」

みんな、いっせいに、がやがやとしゃべりだした。

（ここだ。）

と、広一《こういち》は思《おも》った。彼《かれ》は大《おお》きな声《こえ》を出《だ》した。

「だれか、事故《じこ》の現場《げんば》を見《み》た人《ひと》、いますか？」

「あたしが見《み》たよ。」

太《ふと》ったおばさんがとび出《だ》してきた。

「そりゃもうひどかった……服《ふく》はこげて、あちこちやけどをして……。」

おばさんは、にくにくしげに広一《こういち》を見《み》た。

「あんな子《こ》、警察《けいさつ》に突《つ》き出《だ》してやればいいんだ……だいいち、あんたみたいな子《こ》どもの出《で》る幕《まく》じゃないよ。」

「そうだ、そうだ。」

「なんの関係《かんけい》があって、そんなところに立《た》っているんだ。」

「やめてください！」

凜《りん》とした声《こえ》で広一《こういち》が叫《さけ》んだので、大人《おとな》たちはちょっと、あっけにとられたようだった。

「そこのおばさん！」

広一《こういち》は鋭《するど》くゆびさした。

「たしかに事故《じこ》の現場《げんば》を見《み》たんですね？」

おばさんはぐいとあごを突《つ》き出《だ》した。

「ああ、あたしゃ、ようく見《み》たさ。」

「それじゃおたずねしますが、山沢《やまざわ》くんがけがをさせたのは家《いえ》の中《なか》でですか？　外《そと》でですか？」

「………。」

「そういえば、ドアをあけて外《そと》へ出《で》てきて倒《たお》れたな。」

ひとりが腕組《うでぐ》みしてつぶやいた。

「とすると、悪《わる》いのはあの子《こ》ともいいきれんわけか。」

「じょうだんじゃないよ。」

おばさんは、なおもいった。

「ひどいけがだったよ。あんなけがさせて……。」

「それは警察《けいさつ》の人《ひと》が決《き》めます！」

広一《こういち》は手《て》を広《ひろ》げた。

「みんな、帰《かえ》ってください。もうここには用《よう》はないでしょう。山沢《やまざわ》くんはとても気《き》がたっているんです。」

「おまえこそなんだよ。」

青年《せいねん》だった。

「おまえだって、帰《かえ》ったらいいんだ。」

「ぼくは山沢《やまざわ》くんのクラスメートで、この隣《となり》に住《す》んでいるんです。」

広一《こういち》は鋭《するど》くいいかえした。

「みんな、帰《かえ》ってください！」

やじ馬《うま》たちはだまった。が、明《あき》らかに不服《ふふく》そうだった。

「そのとおりだ！」

突然《とつぜん》、人々《ひとびと》のうしろでどなる声《こえ》がした。

「広一《こういち》のいうとおりだ！」

父《ちち》だった。母《はは》もそのうしろについていた。父《ちち》は群衆《ぐんしゅう》をかきわけて出《で》てくると、大《おお》きく手《て》を振《ふ》りまわした。

「わたしは、この子《こ》の父親《ちちおや》だ……あんたら、子《こ》どもふたりをいじめて、それで、はずかしくないのかね？　それとも、リンチでもしようというのかね？」

みんなは、ぞろぞろと散《ち》りはじめた。広一《こういち》の父《ちち》は腰《こし》に手《て》をあててそれを見《み》てから、息子《むすこ》のほうに振《ふ》り向《む》いた。

「忘《わす》れものをして、もどってみたらこのしまつだ。……しかし広一《こういち》、よくがんばったな。」

「わたしが前《まえ》へ出《で》ようとしたら、父《とう》さんがそうさせなかったのよ……広一《こういち》に最後《さいご》までやらせてみろってね。」

母《はは》は泣《な》き笑《わら》いのような表情《ひょうじょう》でいった。

広一《こういち》の胸《むね》は、ちょっとばかり熱《あつ》くなった。

「ところで典夫《のりお》くんはいるのかね？」

父《ちち》がたずねた。

「警察《けいさつ》の人《ひと》が、事情《じじょう》をききにきておられるんだ。」

「この家《いえ》ですな？」

警官《けいかん》が近《ちか》づいてきた。

「ちょっと、しらべさせてもらえますか？」

広一《こういち》は、六四〇号室《ごうしつ》のドアを押《お》した。

「山沢《やまざわ》！　山沢《やまざわ》！」

返事《へんじ》はなかった。

「おかしい……。」

広一《こういち》は靴《くつ》をぬぐと、室内《しつない》にとびこみ、大声《おおごえ》をあげようとして、思《おも》わず口《くち》に手《て》をあてた。

典夫《のりお》は……いた。奥《おく》の、例《れい》の奇妙《きみょう》な道具類《どうぐるい》の並《なら》んだ部屋《へや》に立《た》っていた。いや典夫《のりお》だけではなく、典夫《のりお》の両親《りょうしん》もいっしょに、じっとこちらを見《み》つめていたのである。

(ど、どうしたんだ。)

広一《こういち》は、ぞっとしながら考《かんが》えた。

(さっきまで、たしか、ここには典夫《のりお》だけしかいなかった……あれから、だれもこの家《いえ》にははいらなかった……。)

が、そのとき、典夫《のりお》のお父《とう》さんが広一《こういち》にいった。

「連絡《れんらく》を受《う》けて帰《かえ》ってきたんだが……話《はなし》は聞《き》きました。」

そして、さびしそうに首《くび》を振《ふ》った。

「わたしたちはもうこれ以上《いじょう》、この世界《せかい》にはいられません。」

「…………」

「でも、まず責任《せきにん》をとるのがさきです。わたしたちはこれから典夫《のりお》といっしょに警察《けいさつ》へ行《い》きます。」

すると突然《とつぜん》、典夫《のりお》が叫《さけ》びだしたのだ。

「ありがとう! ぼくはきみに、なんとお礼《れい》をいっていいのか、わからない……。」

典夫《のりお》は手《て》の甲《こう》で顔《かお》をこすった。

「はじめから、へんに特別《とくべつ》あつかいしなかったのはきみだけだ……ぼくは最初《さいしょ》こそ、すごく腹《はら》がたった……でも、きみのやり方《かた》がほんとうだった……ぼくはこのごろになって、わかってきたんだ。」

「さあ典夫《のりお》、行《い》こう。」

お父《とう》さんがうながしたが、典夫《のりお》はそれを制止《せいし》してつづけた。

「ぼくの失策《しっさく》で、仲間《なかま》はもうこの世界《せかい》にはいられない……でも、きみのことは決《けっ》して忘《わす》れないよ。」

「待《ま》ってくれ。」

ようやく広一《こういち》は、しゃべることができるようになった。

「きみら、いったいどうしようというんだ。」

「今夜《こんや》、団地《だんち》の屋上《おくじょう》へきてくれ。」

外《そと》へ出《で》ようとしながら、典夫《のりお》は振《ふ》り向《む》いていった。

「今夜《こんや》、九時《じ》だ。そのとき話《はな》す。」

広一《こういち》はつづいて質問《しつもん》しようとしたが、もうそのときには待《ま》ちきれなくなった警官《けいかん》や、広一《こういち》の両《りょう》親《しん》がしきりに呼《よ》んでいた。

「出《で》よう。」

典夫《のりお》のお父《とう》さんがうながした。

全員《ぜんいん》が消《き》えた

父《ちち》がこんどはほんとうに会社《かいしゃ》へでかけていったあと、広一《こういち》もまたバッグを手《て》に、阿南中学《あなんちゅうがく》へもどった。

校門《こうもん》をくぐったときには、ちょうど五時間目《じかんめ》を知《し》らせるベルが鳴《な》りひびいていた。広一《こういち》は校庭《こうてい》をつっきり、授業《じゅぎょう》の始《はじ》まる直前《ちょくぜん》に教室《きょうしつ》へすべりこむのに成功《せいこう》した。

「あっ、岩田《いわた》だ！」

ひとりが叫《さけ》び声《ごえ》をあげると、クラスの全員《ぜんいん》が立《た》ちあがり、どっと広一《こういち》をとりかこんだ。

「どうだったんだ！」

「山沢《やまざわ》、何《なに》をしたんだ？」

ちょうどそのとき、教室《きょうしつ》にはいってきた国語《こくご》の先生《せんせい》は、しばらくあきれてものもいえず、教壇《きょうだん》に立《た》ったまま、二年《ねん》三組《くみ》の騒《さわ》ぎをながめているばかりだった。

「静《しず》かに！」

広一《こういち》はどなった。

「あとで……話《はな》す。授業《じゅぎょう》だ！　授業中《じゅぎょうちゅう》だ！」

それでも、まだしばらく、みんなは騒《さわ》ぎをやめなかった。ようやく静《しず》かになったときには、もう授業時間《じゅぎょうじかん》は、十五分《ふん》ほど過《す》ぎてしまっていた。

「岩田《いわた》くん！」

みどりがしきりに広一《こういち》をつついた。

「岩田《いわた》くん、たら。」

広一《こういち》はみどりのほうを見《み》た。するとどうだ、香川《かがわ》みどりは広一《こういち》に、小《ちい》さくたたんだ紙片《しへん》を渡《わた》したのである。

「そこの、ふたり！」

先生《せんせい》がどなった。

「何《なに》をしているんだ？」

広一《こういち》は紙片《しへん》をにぎったまま、国語《こくご》の先生《せんせい》を仰《あお》いだ。

先生《せんせい》はずかずかと教壇《きょうだん》をおりると、ふたりのほうへやってきた。かんしゃく持《も》ちで有名《ゆうめい》な国語《こくご》の先生《せんせい》、それも、授業《じゅぎょう》の始《はじ》まるまえ、騒《さわ》ぎをにがにがしく見《み》ていたのだからたまらない。広一《こういち》は覚悟《かくご》を決《き》めた。

「香川《かがわ》、岩田《いわた》に、何《なに》か渡《わた》したね？」

先生《せんせい》はみどりをにらみつけ、それから広一《こういち》に手《て》をさしだした。

「見《み》せなさい。」

広一《こういち》はちらっとみどりを見《み》た。

みどりはうつむいていた顔《かお》をあげると、目《め》で小《ちい》さくうなずいてみせた。

広一《こういち》は紙片《しへん》をさしだした。

「きみたち、プライバシーの侵害《しんがい》というんだろうな。」

紙片《しへん》を広《ひろ》げながら国語《こくご》の先生《せんせい》はいった。

「なんといわれてもかまわん。わしはやかまし屋《や》だといわれてもいい……しかし、考《かんが》えてみろ、もうまもなく三年《ねん》になるんだぞ……それを、ばか騒《さわ》ぎで時間《じかん》をつぶし、そのうえ、こんな手紙《てがみ》のやりとりをするとは！」

先生《せんせい》は紙片《しへん》を広《ひろ》げた。そして妙《みょう》な顔《かお》をして、みどりにたずねた。

「これは、なんだね？」

クラスの全員《ぜんいん》は、それまでしんとして先生《せんせい》のことばを聞《き》いていたのだが、この言葉《ことば》にふたたび騒然《そうぜん》となった。

明《あき》らかに、国語《こくご》の先生《せんせい》は困惑《こんわく》していたらしい。語調《ごちょう》をやわらげると、みどりにたずねたのだ。

「読《よ》みあげてもいいかね。」

「はい。」

みどりは素直《すなお》に答《こた》えた。先生《せんせい》は紙片《しへん》に目《め》を近《ちか》づけ、大《おお》きな声《こえ》で読《よ》んだ。

「きょう放課後《ほうかご》、山沢《やまざわ》さんのことについて臨時《りんじ》ホームルームを開《ひら》かない？　みんな気《き》にして、授《じゅ》業《ぎょう》どころじゃなかったの。……いったいこれはどういうことだね？」

先生《せんせい》は広一《こういち》を見《み》た。

「きょう、近《ちか》くの阿倍野《あべの》団地《だんち》で起《お》きた事件《じけん》のことは、わしも聞《き》いていたが……そのことかね？」

「説明《せつめい》します。」

広一《こういち》は立《た》ちあがった。

「ぼくはきょう、団地《だんち》へもどって、山沢《やまざわ》くんに会《あ》ってきたんです。」

そのときだった。激《はげ》しくドアをあけて、はいってきた人《ひと》があった。

クラスのみんなが、おどろいて声《こえ》をあげた。

「大谷先生《おおたにせんせい》！」

大谷先生《おおたにせんせい》は国語《こくご》の先生《せんせい》に軽《かる》く会釈《えしゃく》をすると、いった。

「授業《じゅぎょう》のおじゃまをしてすみません。」

「例《れい》の天才少年少女事件《てんさいしょうねんしょうじょじけん》のことらしいですな。」

国語《こくご》の先生《せんせい》は、キツネにつままれたような顔《かお》でたずねた。

「大谷先生《おおたにせんせい》まで……いったいどうしたんです。」

「うちの学校《がっこう》に、このクラスの山沢典夫《やまざわのりお》と同《おな》じような天才少年少女《てんさいしょうねんしょうじょ》っていうのかな、変《か》わった子《こ》どもが全部《ぜんぶ》で五人《にん》いたのを、ごぞんじですね？」

「知《し》っていますよ。」

と、国語《こくご》の先生《せんせい》。

「それが？」

「消《き》えてしまったんです！」

クラスの全員《ぜんいん》が、わけのわからぬ叫《さけ》び声《ごえ》をあげて大谷先生《おおたにせんせい》にたずねた。

「それ、ほんとうですか？」

「ほんとうなのよ。」

大谷先生《おおたにせんせい》が荒《あら》い息《いき》をついた。

「授業中《じゅぎょうちゅう》に消《き》えてしまった子《こ》もいるのよ……いま、大騒《おおさわ》ぎになっているの……だから先生《せんせい》、岩田《いわた》くんに山沢《やまざわ》くんのことをきこうと思《おも》って……。」

「そんな、そんなことってないわ！」

泣《な》き声《ごえ》をあげたのはみどりだった。

「山沢《やまざわ》さんまで消《き》えてしまったっていうんですか？」

「先生《せんせい》だって、何《なに》がなんだかわからないのよ。」

大谷先生《おおたにせんせい》はそれから、思《おも》い出《だ》したように国語《こくご》の先生《せんせい》にいった。

「そう、そういえば、授業《じゅぎょう》が終《お》わったら緊急職員会議《きんきゅうしょくいんかいぎ》を開《ひら》くという知《し》らせがまわっていました
わ。」

国語《こくご》の先生《せんせい》が呆然《ぼうぜん》と大谷先生《おおたにせんせい》を見《み》つめていたときだ。

こんどは生活指導《せいかつしどう》の先生《せんせい》がかけこんできた。

「先生《せんせい》！　先生《せんせい》！　たいへんですよ。」

「まだこのうえ……。」

国語《こくご》の先生《せんせい》は、うめき声《ごえ》をあげた。

「たいへんなことがあるっていうんですか？」

「みんな、いなくなったそうですよ！」

生活指導《せいかつしどう》の先生《せんせい》は、ありったけの声《こえ》でわめいた。

大谷先生《おおたにせんせい》が青《あお》い顔《かお》を向《む》ける。

「ええっ。」

「みんなって？」

「大阪市内《おおさかしない》に住《す》む天才少年少女《てんさいしょうねんしょうじょ》の話《はなし》、新聞《しんぶん》で見《み》たでしょう。」

生活指導《せいかつしどう》の先生《せんせい》は、同《おな》じことをくり返《かえ》しているとみえて、はあはあ息《いき》をついていた。

「あの子《こ》ら、みんな、いっせいに見《み》えなくなってしまったという連絡《れんらく》がはいったんです！」

もう授業《じゅぎょう》どころではなかった。二年《ねん》三組《くみ》の一同《いちどう》は完全《かんぜん》に興奮《こうふん》して、立《た》ちあがり、歩《ある》きながら、ただわあわあとさわぐだけだった。ほかの教室《きょうしつ》も同《おな》じらしい……いや、この調子《ちょうし》では大阪市内《おおさかしない》のどの学校《がっこう》も、同《おな》じような状態《じょうたい》かもしれないのだ。

そのとき、広一《こういち》は、ついさっき山沢典夫《やまざわのりお》のいっていたことを思《おも》い出《だ》した。

「待《ま》ってください！」

広一《こういち》は教室《きょうしつ》を出《で》ていこうとする先生《せんせい》がたを呼《よ》びとめた。

「ぼく、今夜山沢《こんややまざわ》くんと会《あ》う約束《やくそく》をしているんです。」

「ほんと？　それ。」

いちばんさきに問《と》いかけてきたのは、香川《かがわ》みどりだった。

「ほんとうなの？」

「だからそのとき、先生《せんせい》がたも行《い》ってみられたらどうでしょうか。」

いうべきではなかったのかもしれない。そんなことをすれば、騒《さわ》ぎがますます広《ひろ》がることもわかっていた。しかし、先生《せんせい》がたの心配《しんぱい》やみどりの態度《たいど》、それにクラスメートの反応《はんのう》などを見《み》ているうちに、広一《こういち》はいつか、このことは自分《じぶん》だけのものとしておくべきではないと悟《さと》ったのだ。

この異様《いよう》な事件《じけん》のなぞを解《と》く鍵《かぎ》は、山沢典夫《やまざわのりお》に会《あ》う、ただそのことしかないのかもしれない。とすれば、広一《こういち》だけでなく、大谷先生《おおたにせんせい》にも行《い》ってもらうべきではないだろうか……。


六時間目《じかんめ》が終《お》わると、広一《こういち》はまっすぐ団地《だんち》のほうへ走《はし》っていった。

先生《せんせい》がたの打《う》ち合《あ》わせで、午後《ごご》九時《じ》には大谷先生《おおたにせんせい》と校長先生《こうちょうせんせい》だけがやってくることになっていた。それまでに夕飯《ゆうはん》をすませて、用意《ようい》をしなければならない。

「待《ま》って！」

声《こえ》に立《た》ちどまると、香川《かがわ》みどりが追《お》ってきていた。

「わたし、行《い》ったらいけないかしら。」

「悪《わる》いんだけど。」

広一《こういち》は答《こた》えた。

「クラスの申《もう》し合《あ》わせで、ぼくだけが会《あ》うことになっているんだ。」

「ひどいわ！」

みどりは、広一《こういち》の胸《むね》をたたいた。

「いじわる！　どうして……。」

「しかし。」

ふたりがもつれあっているとき、むこうから母《はは》が走《はし》ってきて叫《さけ》んだ。

「広一《こういち》！　ひどいことになってきたわよ。新聞社《しんぶんしゃ》やテレビ局《きょく》の車《くるま》がいっぱいやってきているわよ。広一《こういち》から話《はなし》を聞《き》くんだって。」

「えっ？　でも。」

「じゃ、まだ聞《き》いていなかったのね？」

母《はは》はごくりとつばをのむと、こういったのである。

「お隣《となり》の六四〇号室《ごうしつ》ね、さっき管理人《かんりにん》の人《ひと》がドアをあけたら、中《なか》に何《なに》もなかったのよ！」

「じゃ……山沢《やまざわ》くんたちは……。」

「それが……いないの。警察《けいさつ》から帰《かえ》る姿《すがた》を見《み》た人《ひと》はあるんだけど……それきり行方不明《ゆくえふめい》なの。」

からっぽの室内《しつない》

すぐ目《め》の前《まえ》にそびえ立《た》つ団地《だんち》の建物《たてもの》を見《み》ながら、広一《こういち》は唇《くちびる》をかんだ。

(消《き》えてしまったって?)

と、広一《こういち》は思《おも》った。

(それじゃ、今夜《こんや》九時《じ》に屋上《おくじょう》へこいといったのは、うそだったのか?)

しかし、広一《こういち》には、典夫《のりお》がわざわざうそをつく必要《ひつよう》があるとはとても思《おも》えなかった。意地《いじ》っぱりでいったんいいだしたらあとへはひかない典夫《のりお》のことだ。約束《やくそく》したらかならず守《まも》るにちがいない。

母《はは》は心配《しんぱい》そうに、団地《だんち》のほうをちらっと見《み》た。

「うっかりもどったらたいへんよ。」

母《はは》はいうのであった。

「なんだか、新聞社《しんぶんしゃ》の人《ひと》も、テレビ局《きょく》の人《ひと》も、まるで殺気《さっき》だっているみたいなの……このままじゃ……。」

「いいよ。」

広一《こういち》は笑《わら》った。

「ぼくはこれから家《いえ》へもどるよ。」

「広一《こういち》！」

「母《かあ》さんももどったらいい……きっとなんとかなる。」

広一《こういち》は決心《けっしん》したのだった。カメラマンや記者《きしゃ》は、広一《こういち》から話《はなし》を聞《き》くまでは、決《けっ》して団地《だんち》から立《た》ち去《さ》らないであろう。何時間《なんじかん》でも広一《こういち》をつかまえようと走《はし》りまわり、団地《だんち》にいすわりつづけるにちがいないのだ。

そんなことになったらどうなる？　今夜《こんや》九時《じ》に、屋上《おくじょう》へ行《い》くために校長先生《こうちょうせんせい》と大谷先生《おおたにせんせい》がやってきたら、そこで記者《きしゃ》たちにつかまって、騒《さわ》ぎはいっそう大《おお》きくなるばかりなのだ。広一《こういち》自身《じしん》だって、典夫《のりお》と会《あ》えるかどうかわからない。どうしてもいまのうちに、新聞《しんぶん》やテレビの人《ひと》たちに帰《かえ》ってもらう必要《ひつよう》があるのだった。

広一《こういち》は母《はは》とともに団地《だんち》に帰《かえ》ろうとして、それまでだまって横《よこ》に立《た》っていた香川《かがわ》みどりを振《ふ》り返《かえ》った。

みどりはなんにもいわなかった。唇《くちびる》を結《むす》び、ひとみをこらして、じっと広一《こういち》の顔《かお》を見《み》つめているだけなのだ。活動的《かつどうてき》で快活《かいかつ》なスポーツ選手《せんしゅ》であるみどりのそんな姿《すがた》は、何《なに》かしら広一《こういち》の胸《むね》にこたえるものがあった。

ふっと広一《こういち》は、典夫《のりお》がやってくるまえのことを思《おも》い出《だ》した。あのころ、広一《こういち》とみどりは仲《なか》がよすぎるということで、ずいぶんクラスメートにひやかされたものだ。

「香川《かがわ》さん。」

と、広一《こういち》はいった。

「もし、なんだったら……大谷先生《おおたにせんせい》にたのんでみたら？」

みどりの視線《しせん》が下《した》に落《お》ちた。

「いいのよ。」

と、彼女《かのじょ》は低《ひく》い声《こえ》でいった。

「興奮《こうふん》したりしてごめん……でも、わたし、やっぱりでしゃばる資格《しかく》はないということに気《き》がついたの。」

せいいっぱい、自分《じぶん》をおさえているいいかただった。

「わたし、たのめば、もう一度《いちど》山沢《やまざわ》さんに会《あ》えるかもしれないと思《おも》ったわ。でも、わたしがそうしたら、クラスの人《ひと》もみんな同《おな》じことをいうでしょう……それじゃ先生《せんせい》がたや岩田《いわた》くんの迷惑《めいわく》になるだけ。」

顔《かお》をあげた。

「帰《かえ》るわ。」

そして、髪《かみ》を強《つよ》く振《ふ》ると、くるりと向《む》きを変《か》えて学校《がっこう》のほうへかけだしていった。

広一《こういち》はちょっとのあいだ、みどりのうしろ姿《すがた》を見《み》ていたが、すぐに向《む》きなおった。

その視線《しせん》が母《はは》のそれと合《あ》った。

母《はは》は何《なに》もいわなかった、だがその目《め》にはどうやら自分《じぶん》を制《せい》し得《え》たみどりへの賛嘆《さんたん》の色《いろ》が浮《う》かんでいるように、広一《こういち》には思《おも》えたのである。


エレベーターを降《お》りると、待《ま》ちくたびれていたらしい男《おとこ》たちが、さっとこちらを見《み》、つづいて走《はし》り寄《よ》ってきた。

「きみが、岩田広一《いわたこういち》くんかね?」

と、腕章《わんしょう》をつけたひとりがいった。

「きみ、山沢典夫《やまざわのりお》くんと親《した》しかったそうだね。」

「ええ。」

広一《こういち》は答《こた》えた。強《つよ》く記者《きしゃ》を見返《みかえ》しながらいった。

「親友《しんゆう》でした。」

「その親友《しんゆう》に何《なに》が起《お》こったか、きみ、知《し》らないの？」

別《べつ》の男《おとこ》がたずねる。

「この子《こ》、まだ学校《がっこう》から帰《かえ》ってきたばかりなんですよ！」

母《はは》が叫《さけ》んだ。

「疲《つか》れているんです。そう急《きゅう》に矢《や》つぎ早《ばや》にいわれても……。」

「いいんだよ、母《かあ》さん。」

広一《こういち》は記者《きしゃ》たちの前《まえ》へ進《すす》み出《で》た。たちまち人垣《ひとがき》が輪《わ》になり、いくつもフラッシュがひらめいた。

——うそをつくことはない……広一《こういち》はそう考《かんが》えた。ありのままを話《はな》せばいいのだ。しかし今夜《こんや》のことだけは、すんでしまうまで決《けっ》してしゃべってはならない。

「山沢《やまざわ》くんは、とても変《か》わっていました。」

広一《こういち》がいいはじめると、記者《きしゃ》たちはすぐにメモをとりだした。

「山沢《やまざわ》くんには、できないことはなかったんです。スポーツでも学業《がくぎょう》でも、なんでもずばぬけていました。」

広一《こういち》は、ふと、過去形《かこけい》でしゃべっている自分《じぶん》に気《き》がついて、ふいに悲《かな》しくなった。まるで山沢《やまざわ》典夫《のりお》が死《し》んでしまったようではないか……。

広一《こういち》のそうした気持《きも》ちが、すこしのあいだの沈黙《ちんもく》となり、記者《きしゃ》たちは質問《しつもん》を浴《あ》びせはじめた。

「どこへ行《い》ったと思《おも》う？」

「なぜ、かれらはそんなにすぐれていたんだろうね。きみ、知《し》らないの？」

「大阪市内《おおさかしない》の天才少年少女《てんさいしょうねんしょうじょ》がいっせいに消《き》えてしまったんだ。話《はなし》によれば、きみは山沢典夫《やまざわのりお》の家《いえ》にも行《ゆ》き来《き》していたそうじゃないか。それに、けさの事件《じけん》にだって関係《かんけい》していたそうじゃないか。」

広一《こういち》は、たずねられるままに、つぎからつぎへと話《はな》しつづけた。しかし、今夜《こんや》の約束《やくそく》のこと、それから典夫《のりお》の家《いえ》の中《なか》の奇妙《きみょう》な道具《どうぐ》、別世界《べっせかい》からの人間《にんげん》ではないかというようなことは、もらさなかった。なぜなら、そんなことをいったが最後《さいご》、夜明《よあ》けまで休《やす》めそうもないと思《おも》ったからである。

そんなことはすべてが終《お》わってからでもいいのだ。記者《きしゃ》やカメラマンには悪《わる》いが、そうしなければ、とても解放《かいほう》してもらえないと感《かん》じたのである。

広一《こういち》がようやく解放《かいほう》されたのは、七時半《じはん》を過《す》ぎてからだった。

「とにかく、妙《みょう》な事件《じけん》だ……ほかの子《こ》の関係《かんけい》からもしらべてみよう。」

「どうも説明《せつめい》しにくいな。こいつはやっかいだぞ……いや、どうもご苦労《くろう》さんでした。」

男《おとこ》たちがどやどやとエレベーターに乗《の》りこむのを見《み》とどけると、広一《こういち》は時計《とけい》を見《み》、急《いそ》いで六四〇号室《ごうしつ》のドアをあけて、中《なか》をのぞいた。

ほんとうに、そこには何《なに》もなかった。このまえはいったときにおかれていた奇妙《きみょう》な道具類《どうぐるい》はむろんのこと、ありふれた冷蔵庫《れいぞうこ》やガスレンジさえなくなっているのだった。わずかに残《のこ》された玄《げん》関《かん》と台所《だいどころ》の電球《でんきゅう》の光《ひかり》を浴《あ》びているのは、変《か》わりばえのしない２ＤＫ《ディーケー》の公団住宅《こうだんじゅうたく》の空室《くうしつ》でしかなかったのである。

広一《こういち》は肩《かた》を落《お》とした。ほんとうにひどく疲《つか》れていた。

「広一《こういち》、晩《ばん》めしを食《た》べないかね。」

いつのまに帰《かえ》っていたのか、父《ちち》が、空室《くうしつ》のドアをすこしあけて、低《ひく》い声《こえ》で呼《よ》びかけていた。

もうお別《わか》れだ

食事《しょくじ》が終《お》わると、広一《こういち》は壁《かべ》の時計《とけい》を見《み》た。そろそろ八時半《じはん》ちかい時刻《じこく》である。

「もう校長先生《こうちょうせんせい》と大谷先生《おおたにせんせい》が、いらっしゃるんじゃないかしら。」

母《はは》がつぶやき、父《ちち》はたばこに火《ひ》をつけながら答《こた》えた。

「うまくいくかな？　たぶん校長先生《こうちょうせんせい》も大谷先生《おおたにせんせい》も、新聞記者《しんぶんきしゃ》につかまっているんじゃないかな……よほどうまく抜《ぬ》け出《だ》してこないと……。」

そのとき広一《こういち》は突然《とつぜん》あることに気《き》がついた。

「ねえ、父《とう》さん……新聞記者《しんぶんきしゃ》、クラスのみんなのところへも行《い》くだろうか？」

「そりゃ行《い》くだろう。」

父《ちち》はたばこのけむりをはきだした。

「とにかくニュースになったんだからな。いじめられるのは広一《こういち》だけじゃあるまい。」

広一《こういち》は父母《ふぼ》を見《み》た。

「もし、クラスのみんなのところへ行《い》くと……。」

「どうしたんだ。」

「今夜《こんや》のこと、きっとだれかが話《はな》すと思《おも》うんだ。そうしたら……。」

「そいつはたいへんだ。」

父《ちち》はたばこを消《け》した。

「広一《こういち》、おまえはすぐ屋上《おくじょう》へ出《で》るんだ。」

「あなた！」

「みんな、どっとやってくるかもしれないぞ。」

父《ちち》はめずらしく、いささかあわてていた。

「そのまえに屋上《おくじょう》へ出《で》て、外《そと》から鍵《かぎ》をかけるんだ。でないと。」

「ぼく、行《い》くよ！」

広一《こういち》は母《はは》から鍵《かぎ》を受《う》けとると、急《いそ》いで靴《くつ》をはき、階段《かいだん》をかけのぼっていった。

冷《ひ》えびえとした風《かぜ》が、暗《くら》い屋上《おくじょう》を流《なが》れている。ここはふつうの団地《だんち》とスタイルが違《ちが》って、七階《かい》建《だ》てのマンモスアパートなので、屋上《おくじょう》は洗濯物《せんたくもの》が干《ほ》せるよう、広《ひろ》くなっているのだ。

鍵《かぎ》をかけおわると、広一《こういち》はため息《いき》をつき、それから金網《かなあみ》を張《は》りめぐらした屋上《おくじょう》のふちへ行《い》って下《した》を見《み》おろした。

見渡《みわた》すかぎり灯火《とうか》の海《うみ》だ。遠《とお》く、北西《ほくせい》のほうには通天閣《つうてんかく》がサーチライトを旋回《せんかい》させ、そこから難波方面《なんばほうめん》にかけて、一面《いちめん》にネオンが明滅《めいめつ》している。いつ見《み》ても変《か》わらない、はでな景色《けしき》だった。

広一《こういち》は腕時計《うでどけい》に目《め》を近《ちか》づけ、それがもう九時《じ》ちかいのに気《き》がつくと、金網《かなあみ》からはなれて、下界《げかい》の光《ひかり》にぼんやりと浮《う》きあがっている屋上《おくじょう》を見渡《みわた》した。

まだ、何《なに》も起《お》こりそうな気配《けはい》はない。

「岩田《いわた》くん。」

だれか、女《おんな》の人《ひと》の声《こえ》が呼《よ》んでいた。どうも大谷先生《おおたにせんせい》らしい。

広一《こういち》はドアのところへ走《はし》り寄《よ》った。母《はは》に連《つ》れられて、大谷先生《おおたにせんせい》がやってきたのだ。

「校長先生《こうちょうせんせい》は？」

ドアをあけながら広一《こういち》がきくと、大谷先生《おおたにせんせい》は首《くび》を振《ふ》った。

「それが……だめなのよ。例《れい》の天才少年少女《てんさいしょうねんしょうじょ》のいた学校《がっこう》の校長先生《こうちょうせんせい》、みんな教育委員会《きょういくいいんかい》に呼《よ》び出《だ》されて、それに新聞社《しんぶんしゃ》やテレビ局《きょく》がうるさいの。」

「先生《せんせい》のところへも？」

「きたわ。」

大谷先生《おおたにせんせい》はうなずいた。

「おかげでくたくた。」

そして屋上《おくじょう》に目《め》をやった。

「何《なに》かあった？」

「まだです。」

「なんだか、気持《きも》ちが悪《わる》いわ。」

これは母《はは》だった。

「いったい、これから何《なに》が起《お》こるのかしら。」

しかし、その問《と》いに答《こた》えられる者《もの》がいるわけはなかった。三人《にん》はしばらく、風《かぜ》が低《ひく》く流《なが》れる夜《よる》の屋上《おくじょう》を見《み》ていた。

「静《しず》かね。」

大谷先生《おおたにせんせい》がぽつんとつぶやいた。それから思《おも》い出《だ》したらしくいった。

「香川《かがわ》さんがね。」

といった。

「クラスのみんなに、今夜《こんや》のこと、あすまで絶対《ぜったい》ほかの人《ひと》にいわないようにって、説得《せっとく》していたわよ。」

広一《こういち》は目《め》をふせた。それで、だれもやってこないのか……きょうはなんだか、みどりにいろいろ教《おし》えてもらった気《き》がする。

そのときだった。

先生《せんせい》と母《はは》が小《ちい》さな叫《さけ》び声《ごえ》をあげたので、広一《こういち》も顔《かお》をあげ、屋上《おくじょう》を見《み》つめた。

ついさっきまで、風《かぜ》が走《はし》るのにまかせていた屋上《おくじょう》、暗《くら》いコンクリートの物干《ものほ》し場《ば》に、いま、ぼんやりと、あわい燐光《りんこう》の球《きゅう》のようなものが見《み》えはじめていたのである。

それは、激《はげ》しく震動《しんどう》していた。蛍光《けいこう》をおびた球状《きゅうじょう》の物体《ぶったい》が、こまかく前後左右《ぜんごさゆう》に揺《ゆ》れているのだ。

十数秒《じゅうすうびょう》もたったろうか。三人《にん》が口《くち》もきけずにその物体《ぶったい》を見《み》ていると、やがて震動《しんどう》はすこしずつおとろえ、直径《ちょっけい》二メートルぐらいの球《きゅう》になり、蛍光《けいこう》を失《うしな》って、音《おと》もなく屋上《おくじょう》に着陸《ちゃくりく》した。着陸《ちゃくりく》してしまうと、そのすべすべした金属《きんぞく》の表面《ひょうめん》に長方形《ちょうほうけい》のすじがにじみ出《で》てきたのである。

広一《こういち》は、先生《せんせい》や母《はは》といっしょに、それを十メートルほどはなれたドアの位置《いち》からながめながら、それほどおどろかない自分自身《じぶんじしん》がふしぎであった。

あの球体《きゅうたい》は、おそらくこの世界《せかい》のものではあるまい。あの出現《しゅつげん》のしかただって、常識《じょうしき》をはるかにこえている……それにもかかわらず、むしろ平静《へいせい》な気分《きぶん》で観察《かんさつ》している自分自身《じぶんじしん》が、なんだか妙《みょう》だった。

それはたぶん、典夫《のりお》との出会《であ》いの日《ひ》から目《め》にしてきたさまざまな、現代科学《げんだいかがく》では説明《せつめい》のつかない奇怪《きかい》な現象《げんしょう》によって、トレーニングされてきたからかもしれない。レーザーや、パラライザーや、いや、それに何《なに》より、山沢家《やまざわけ》の中《なか》にあった奇妙《きみょう》な道具類《どうぐるい》によって、常識《じょうしき》をこえたあらゆるものを受《う》け入《い》れる気持《きも》ちになっていたらしい。

この球体《きゅうたい》だって、考《かんが》えてみればほかのいろんなものと、本質的《ほんしつてき》にはなんの違《ちが》いもないのだ。いや潜在意識《せんざいいしき》の中《なか》ではむしろ期待《きたい》していたのではなかろうか。

広一《こういち》がせわしなくそんな考《かんが》えを追《お》っているうちに、球体表面《きゅうたいひょうめん》の長方形《ちょうほうけい》はますます濃《こ》くなり、やがて、すっとはしのほうに吸《す》いとられてしまったのだ。まるでドアのような――いや、どうもドアそのものらしかった。というのは、そのぽっかりとできた穴《あな》の中《なか》から、ひとりの少年《しょうねん》が急《いそ》ぎ足《あし》で出《で》てきたのである。

少年《しょうねん》は――むろん、山沢典夫《やまざわのりお》だった。

「岩田《いわた》くん。」

と、典夫《のりお》は屋上《おくじょう》を見《み》まわすと呼《よ》んだ。

「岩田《いわた》くん、いるの？」

「ここだ!」

広一《こういち》は走《はし》り出《で》た。

「ずいぶん待《ま》ったぜ。」

「すまない。」

典夫《のりお》は広一《こういち》の手《て》を強《つよ》くにぎりかえしながらそういうと、屋上《おくじょう》のドアのほうに目《め》をやった。

「だれだ?」

「大谷先生《おおたにせんせい》と、母《はは》だよ。」

「そうか。」

典夫《のりお》は小《ちい》さくうなずいた。

「みんな、ひどい騒《さわ》ぎだったろう。」

「山沢《やまざわ》くん。」

大谷先生《おおたにせんせい》が近《ちか》づいてきた。

「無事《ぶじ》だったのね……よかったわ。」

典夫《のりお》はそれには答《こた》えず、一分《ぷん》ほど、屋上《おくじょう》から見《み》える夜《よる》の大阪《おおさか》を見《み》つめていた。まるで自分《じぶん》の心《こころ》の中《なか》に、その風景《ふうけい》を焼《や》きつけておこうとでもするようだった。

「行《い》きたくないんだが。」

典夫《のりお》はかすかに微笑《びしょう》した。

「でも、もうここともお別《わか》れだ。」

「待《ま》て、山沢《やまざわ》。」

広一《こういち》は一歩前《ぽまえ》へ出《で》ると、典夫《のりお》の腕《うで》をつかんだ。

「つまり……きみは、このD《ディー》―15世界《せかい》から……。」

「そうなんだよ。」

「待《ま》って、山沢《やまざわ》くん。」

先生《せんせい》だった。

「これはいったいどういうこと？　あなたと岩田《いわた》くんとは話《はなし》が通《つう》じるらしいけど、先生《せんせい》には。」

「それは、わたしがお話《はな》しいたしましょう。」

突然《とつぜん》、ふとい声《こえ》がしたので、広一《こういち》たちはぎくりとして球体《きゅうたい》のほうをうかがった。そこからはいま、ひとりの男《おとこ》――それは典夫《のりお》のお父《とう》さんだった――が、ゆっくりと出《で》てくるところだったのである。体《からだ》にはうすいしなやかな衣装《いしょう》をまとい、腰《こし》にはきらきら光《ひか》るガラス製《せい》のような武器《ぶき》をつけているのだ。

「典夫《のりお》がお世話《せわ》になりました。」

典夫《のりお》のお父《とう》さんは、こちら側《がわ》の三人《にん》にていねいにあいさつすると、典夫《のりお》のうしろに立《た》って、息《むす》子《こ》の肩《かた》に手《て》をのせた。

「この子《こ》は行《い》きたくないというんですが、でも、わたしたちは行《い》かねばなりません。」

「行《い》くって……。」

先生《せんせい》と母《はは》が同時《どうじ》にいった。

「どこへですの？」

「別《べつ》の次元《じげん》へです。」

「………。」

「いま、ゆっくりお話《はな》ししているひまはありませんが。」

お父《とう》さんは静《しず》かに、しかしよくとおる声《こえ》で話《はな》しはじめた。

「わたしたちは、そうですね……次元放浪民《じげんほうろうみん》とも呼《よ》ばれる一族《いちぞく》なんですよ。」

「次元放浪民《じげんほうろうみん》？」

「ええ。」

お父《とう》さんは、スモッグにおおわれた夜空《よぞら》を仰《あお》いだ。

「この世界《せかい》でも、最近《さいきん》ぼつぼついわれているようですが、宇宙《うちゅう》というのはひとつだけではないんですよ。限《かぎ》りなく重《かさ》なりあい交錯《こうさく》しながら、同時《どうじ》に存在《そんざい》しているんです。」

「………」

「一枚《まい》の紙《かみ》にかかれた絵《え》を考《かんが》えてみてください。」

典夫《のりお》のお父《とう》さんはいうのだった。

「そこには高《たか》さの概念《がいねん》はありませんね。紙《かみ》を何百《なんびゃく》、何千枚重《なんぜんまいかさ》ねても、おたがいには無関係《むかんけい》です。それぞれはふれあいながら、まったく他《た》の存在《そんざい》を知《し》りません。つまり、そこでは世界《せかい》は縦《たて》と横《よこ》の軸《じく》だけで成《な》り立《た》っているんです。平面上《へいめんじょう》の点《てん》や図《ず》はすべてX軸《エックスじく》とY軸《ワイじく》の座標《ざひょう》であらわすことができます……われわれの世界《せかい》だって、同《おな》じようなものなんですよ。縦《たて》と横《よこ》と高《たか》さの三つの軸《じく》ででできるこの空間《くうかん》も、第《だい》四の軸《じく》のある世界《せかい》から見《み》ると、似《に》たようなものです。」

「それは……。」

「もちろん、わたしたちは四つも軸《じく》のある世界《せかい》には住《す》めません。でも、そこを通《とお》って別《べつ》の世界《せかい》へは移《うつ》ることができます。こうして移動装置《いどうそうち》を使《つか》えばね……。」

「ちょっと待《ま》ってください。」

広一《こういち》がたずねた。

「その第《だい》四の軸《じく》は時間《じかん》でしょう？　とすればその機械《きかい》は……タイム・マシンですか。」

「残念《ざんねん》ながらタイム・マシンではない。」

典夫《のりお》のお父《とう》さんは笑《わら》った。

「どうも時間《じかん》は第《だい》五の軸《じく》らしいんだ。わたしたちはせいぜい別《べつ》の次元《じげん》、別《べつ》の世界《せかい》に移《うつ》る機械《きかい》しか作《つく》れなかった。」

しばらく、みんなだまった。

「それで？」

大谷先生《おおたにせんせい》がうながした。

「次元放浪民《じげんほうろうみん》っていうのは？」

「わたしたちはひとつの次元《じげん》から別《べつ》の次元《じげん》、そしてまたつぎの次元《じげん》へとさすらっているんですよ。」

お父《とう》さんはさびしく笑《わら》った。

「わたしたちのほんとうの世界《せかい》は高度《こうど》に進《すす》んだ戦争《せんそう》によって壊滅《かいめつ》してしまった。……わたしたちは、だから移動装置《いどうそうち》を使《つか》って別《べつ》の世界《せかい》へ飛《と》んだのです。」

「………」

「しかし、無限《むげん》にあるいろんな地球《ちきゅう》の歴史《れきし》は、すこしの進《すす》み方《かた》のずれはあっても、けっきょく全《ぜん》滅戦争《めつせんそう》を始《はじ》める。……そのたびにわたしたちは逃《に》げまわっているのです。平和《へいわ》な世界《せかい》、安心《あんしん》して住《す》める世界《せかい》を探《さが》して……。」

「戸籍《こせき》は……。」

母《はは》がひとりごとのようにいった。

「戸籍《こせき》はどうするんです？」

「それはなんでもありません。わたしたちが手《て》わけしてやります。」

典夫《のりお》のお父《とう》さんは答《こた》えた。

「本物《ほんもの》そっくりの戸籍《こせき》を、たくさん作《つく》りあげてから、役所《やくしょ》へしのびこんで、はじめからあるように見《み》せるんです。公団住宅《こうだんじゅうたく》への入居《にゅうきょ》だって、そうした戸籍《こせき》やいろんな証明書《しょうめいしょ》を作《つく》りあげて、わたしたちの何百倍《なんびゃくばい》かの架空《かくう》の人間《にんげん》の名《な》で申《もう》しこむんです。たいていは全員《ぜんいん》が入居《にゅうきょ》するぐらいの数《かず》はありますからね……。」

こうした話《はなし》のあいだじゅう、典夫《のりお》は、退屈《たいくつ》そうに靴《くつ》をコンクリートに打《う》ちつけて鳴《な》らしていたのだが、父親《ちちおや》の話《はなし》が一段落《いちだんらく》つくと、ため息《いき》をついた。

「ぼく、このつぎの世界《せかい》より、ここのほうがいいんだがなあ。」

典夫《のりお》のその言葉《ことば》で、ようやく、広一《こういち》はわれに返《かえ》ることができた。

この人《ひと》たちを……戦争《せんそう》をおそれて逃《に》げまわっている人《ひと》たちを、なんとかしてここに安住《あんじゅう》させることはできないのだろうか。なるほど、いまの話《はなし》は完全《かんぜん》に常識《じょうしき》をこえている。だが、それでもいいではないか。

いつかはここに慣《な》れきることになるはずだ。……また、そうでなければならないのだ。

ふいに広一《こういち》は、みどりのことを思《おも》い出《だ》した。

彼《かれ》は唇《くちびる》を結《むす》ぶと、典夫《のりお》たちのほうへ、一歩《ぽ》、進《すす》み寄《よ》った。

典夫《のりお》たちへ近寄《ちかよ》ったものの、広一《こういち》にはまだ自分自身《じぶんじしん》、いったい何《なに》を話《はな》すつもりなのかわからなかった。ただ、このままでは典夫《のりお》も典夫《のりお》のお父《とう》さんも、いや、あのギリシャ彫刻《ちょうこく》を思《おも》わせる素朴《そぼく》で鋭《するど》い人々《ひとびと》のすべてが、永久《えいきゅう》に広一《こういち》たちの手《て》のとどかないところへ行《い》ってしまうのだということだけは、はっきり感《かん》じとっていたのだ。

「待《ま》ってくれ。」

広一《こういち》はいった。

「すこし、話《はな》したいことがあります……待《ま》ってください。」

そのとき、もうふたりはあの金属球《きんぞくきゅう》の中《なか》へはいろうとして向《む》きを変《か》えていたのだが、広一《こういち》の言葉《ことば》に振《ふ》り返《かえ》った。典夫《のりお》のお父《とう》さんはふしぎそうに、典夫《のりお》のほうは、はっと期待《きたい》をこめた目《め》をこちらに向《む》けたのである。

「何《なに》か——。」

「聞《き》いてください。」

広一《こういち》は必死《ひっし》だった。このままこの人《ひと》たちを去《さ》らせてはいけないのだという考《かんが》えにせきたてられたので、かえってうまく言葉《ことば》が出《で》てこないのだ。

広一《こういち》は顔《かお》を典夫《のりお》のほうへ向《む》けた。

(いってくれ。)

と、典夫《のりお》のまなざしはささやいているようだった。

(なんでもいい、この世界《せかい》に残《のこ》れるように、きみが父《ちち》になんとか話《はな》してくれ……がんばってくれ……。)

「どうしたんですか?」

典夫《のりお》のお父《とう》さんが、かすかに笑《わら》いながら問《と》いかけた。

何《なに》から話《はな》そう……広一《こういち》は激《はげ》しくうずを巻《ま》く自分《じぶん》の感情《かんじょう》にのみこまれそうになった。目《め》まいさえ感《かん》じるほどだった。あまりにもいいたいことが多《おお》すぎるのだ。一度《いちど》にすべてはしゃべれないのに、何《なに》から話《はな》しだしていいかわからないのだ。……次元《じげん》……D《ディー》―15世界《せかい》……次元放浪民《じげんほうろうみん》……勇気《ゆうき》……入居《にゅうきょ》……気《き》のどくな人《ひと》たち……広一《こういち》とクラスメートたち……くり返《かえ》し……。

くり返《かえ》し?

そう、くり返《かえ》しという単語《たんご》が連想《れんそう》させるイメージだ。それでいいのだ。

「いわせてください。」

自分《じぶん》の唇《くちびる》からもれる声《こえ》が、思《おも》いのほか平静《へいせい》なのに気《き》がついた広一《こういち》は、どうやら自信《じしん》を取《と》りもどした。このまえ団地《だんち》の廊下《ろうか》で、また、今夜記者《こんやきしゃ》たちを前《まえ》にして話《はな》したあの感覚《かんかく》が、たちまちにしてよみがえってきた。だいじょうぶだ……と広一《こういち》は思《おも》った。ぼくは、いいたいことをいおう。そうすればわかってくれる。きっとわかってくれるはずだ。

「みなさんは、これからこの世界《せかい》をはなれて、新《あたら》しい世界《せかい》へ行《い》くとおっしゃいました。」

と、彼《かれ》はつづけた。

「でも、その世界《せかい》が、ほんとうにここより住《す》みやすいという保証《ほしょう》はあるのですか?」

「さあね。」

典夫《のりお》のお父《とう》さんは、うすいしなやかな衣装《いしょう》が風《かぜ》にひるがえるのを軽《かる》く押《お》さえると、つぶやくようにいった。

「それはわからないね。」

顔《かお》をあげて、大谷先生《おおたにせんせい》と広一《こういち》の母《はは》を見《み》た。

「でも、それはやってみなければわかりません。わたしたちはいつも未知《みち》のものに対《たい》しては、それだけの覚悟《かくご》と努力《どりょく》を持《も》っていなければなりません。広一《こういち》くん、違《ちが》うだろうか。」

「…………」

広一《こういち》はだまった。たしかに、そういうふうにいわれると、そこには何か広一《こういち》を納得《なっとく》させるものが……。

違《ちが》う。

どこか違《ちが》うのだ。

広一《こういち》はぼんやりと目《め》を典夫《のりお》に向《む》けた。典夫《のりお》はさっきから自分《じぶん》の父《ちち》と広一《こういち》のほうを交互《こうご》に見《み》ていたのだが、それでも、さっき広一《こういち》が呼《よ》びとめたときにくらべると、明《あき》らかに気《き》をおとしているようだった。どうせどうにもならないんだ、というようなあきらめの色《いろ》が、その表情《ひょうじょう》の中《なか》にあった。

そうだ！

広一《こういち》は視線《しせん》を、つと典夫《のりお》のお父《とう》さんに向《む》けなおした。

何《なに》かわかったような気《き》がする。

「それで最後《さいご》にどうなるんですか？」

突然《とつぜん》、広一《こういち》は叫《さけ》びはじめていた。

「そういうふうにつぎからつぎへと別《べつ》の世界《せかい》に移《うつ》っていって、それでおしまいにはどこか理想《りそう》の世界《せかい》が見《み》つかるんですか?」

「そうありたいと願《ねが》っているよ。」

典夫《のりお》のお父《とう》さんはうなずいた。

「いつかは、そういう世界《せかい》へ移《うつ》りたいと思《おも》っているし、そういうところを探《さが》しているのもほんとうだよ。でも、どんな世界《せかい》だって、住《す》んでみなければわからないのだ。」

「じゃ、この世界《せかい》――D《ディー》―15世界《せかい》ですか――だって、はじめは理想的《りそうてき》だと考《かんが》えたわけですか?」

「まあね。」

「それでいいんでしょうか。」

いつか広一《こういち》は、こぶしをにぎりしめていた。

「ね! 理想《りそう》の世界《せかい》なんてものは、ほんとうにあるんでしょうか? 住《す》む人《ひと》の心持《こころも》ちしだいで、どうにでもなるんじゃないでしょうか?」

典夫《のりお》のお父《とう》さんは、まったく虚《きょ》をつかれたようだった。

広一《こういち》はたてつづけにしゃべった。

「理想《りそう》の世界《せかい》なんてどこにもないんじゃないでしょうか。ぼくはそう思《おも》います。いや、そう思《おも》わないと、ぼくたちのようにこの世界《せかい》でしか生《い》きられない人間《にんげん》は、どうしようもないんじゃないでしょうか。典夫《のりお》くんやみんなは、なまじっか次元《じげん》から次元《じげん》へ移《うつ》れるから、より好《この》みをしてしまうんです。そうじゃないでしょうか。」

典夫《のりお》のお父《とう》さんは深《ふか》くうなずいた。

「きみのいうことはよくわかる……いや、いい勉強《べんきょう》になったよ。」

感動《かんどう》のこもった声《こえ》だった。

「きみのような若《わか》い人《ひと》でも、本気《ほんき》で毎日《まいにち》を過《す》ごしていれば、それだけのことがいえる。いや実行《じっこう》できるんだな。」

「それじゃ。」

「いや、だめなんだ。」

典夫《のりお》のお父《とう》さんは目《め》をとじて、ゆっくりと首《くび》を左右《さゆう》に振《ふ》った。

「もうおそいんだよ。もう間《ま》にあわない……こっちの世界《せかい》のことじゃなくて、あちらのことなんだ。」

「…………」

「もうすべての手続《てつづ》きは終《お》わっているんだよ、広一《こういち》くん……われわれはあちらへの潜入《せんにゅう》のためにだいぶまえから工作《こうさく》はしていた。ここがだめだとわかったとき、われわれはいっせいに全《ぜん》メンバーを呼《よ》び寄《よ》せた。そのため、いろんな騒《さわ》ぎがもちあがっただろうと思《おも》う。」

広一《こういち》は、次元放浪民《じげんほうろうみん》の少年少女《しょうねんしょうじょ》が、いっせいに消《き》えてしまったということを思《おも》い出《だ》した。

「でも、もうみんな、あっちの人間《にんげん》になっているんだ。」

典夫《のりお》のお父《とう》さんはうなずいてみせた。

「この服《ふく》は、あちらの世界《せかい》のものなんだ……もういまから、もとにはもどれないんだよ。」

「そうですか。」

どうにもならないのか……すでにそこまで事態《じたい》は進《すす》んでいたのか……広一《こういち》にはどうすることもできないのだろうか……。

典夫《のりお》たちふたりと、広一《こういち》たち三人《にん》は、しばらく向《む》かいあったまま、どちらも口《くち》をきかなかった。暗《くら》い屋上《おくじょう》を刃物《はもの》のように流《なが》れるサーチライトの光《ひかり》も、遠《とお》く旋回《せんかい》し明滅《めいめつ》するネオンも、ひどくはるかなもののようだった。

夜《よ》がふけてきたのか、風《かぜ》はしだいに冷《ひ》えはじめていた。

この夜《よる》を、ぼくは一生忘《いっしょうわす》れないかもしれない……と広一《こういち》は思《おも》った。

おそらく、典夫《のりお》も同《おな》じにちがいない。

あの初《はじ》めて典夫《のりお》に会《あ》った日《ひ》や、雨《あめ》の放課後《ほうかご》や、運動会《うんどうかい》の光景《こうけい》が、広一《こういち》の頭《あたま》の中《なか》をはなやかにかすめ、一瞬《いっしゅん》、虹《にじ》のような記憶《きおく》となると、ふたたび沈《しず》みこんでいった。それにかわって、広一《こういち》はまた香川《かがわ》みどりのことを思《おも》い出《だ》した。

「さようなら。」

典夫《のりお》のお父《とう》さんがつぶやいた。そして向《む》きを変《か》えると、例《れい》の金属球《きんぞくきゅう》の中《なか》へはいろうとした。

「もうたくさんだ！」

ふいに典夫《のりお》が、お父《とう》さんの服《ふく》をつかむと、叫《さけ》び声《ごえ》をあげた。

「典夫《のりお》！」

「もういやだ……。」

典夫《のりお》はあいたほうの手《て》の甲《こう》で顔《かお》を乱暴《らんぼう》にこすると、泣《な》きそうな声《こえ》になった。

「ぼくはもう、これで何回《なんかい》も何回《なんかい》もいろいろな世界《せかい》をめぐってきた。でも、もういやだ。もうたくさんだ！　ぼくにやっと友人《ゆうじん》ができたというのに……また……。」

典夫《のりお》は天《てん》を仰《あお》いだ。

「こんなことってあるものか……こんな……これで何年《なんねん》も何年《なんねん》も。」

「典夫《のりお》、やめなさい。」

典夫《のりお》のお父《とう》さんが静《しず》かにいった。

「あきらめるんだ典夫《のりお》。われわれは次元放浪民《じげんほうろうみん》なんだ。もう帰《かえ》ってゆくところはない……宿命《しゅくめい》なんだ。」

ようやく典夫《のりお》は、自分《じぶん》をおさえることに成功《せいこう》したらしかった。しばらく広一《こういち》たちのほうを見《み》ていたが、つぎの瞬間《しゅんかん》、身《み》をひるがえして金属球《きんぞくきゅう》の中《なか》へとびこんだのである。

だが典夫《のりお》はすぐに出《で》てきた。彼《かれ》は走《はし》ってくると、広一《こういち》の手《て》に、小《ちい》さな、しかし重《おも》いものを押《お》しつけたのである。

「これ、持《も》っていてくれ。」

と、典夫《のりお》は早口《はやくち》にいうのだった。

「レーザーだ。」

「えっ？」

「捨《す》てるなら捨《す》ててくれてもいい……でも、ぼくがこの世界《せかい》に心《こころ》を残《のこ》しているという、証拠《しょうこ》を見《み》せておきたいんだ……そうしたら、そうしたら……。」

「…………」

「また、ここへもどってきたときに、仲間《なかま》に入《い》れてくれるだろうね？」

「もどって？」

「典夫《のりお》！」

お父《とう》さんが呼《よ》んだ。

「もう時間《じかん》がないぞ。」

沈黙《ちんもく》。

「ぼくはこれからまた、催眠学習《さいみんがくしゅう》で新《あたら》しい世界《せかい》の言葉《ことば》を学《まな》ばなきゃならない。」

典夫《のりお》は低《ひく》い声《こえ》でいった。

「でも、この世界《せかい》のことはいつまでも忘《わす》れない……十年《ねん》か、二十年《ねん》か、それとも五十年後《ねんご》か、いつかはもどってくる……そう考《かんが》えて一生《いっしょう》を送《おく》るつもりだよ。もどってこられなくっても、そう思《おも》っていたいんだよ。」

「山沢《やまざわ》……。」

「じゃ。」

典夫《のりお》は無理《むり》に微笑《びしょう》した。

「さようなら。」

金属球《きんぞくきゅう》のほうに歩《あゆ》みかけたが、ふと首《くび》だけをこちらに向《む》けた。

「香川《かがわ》さんによろしくね。」

声《こえ》を残《のこ》すと、典夫《のりお》はお父《とう》さんにつづいて金属球《きんぞくきゅう》の中《なか》にはいった。みるみるそのつぎ目《め》が消《き》えてゆき、激《はげ》しく震動《しんどう》するのを、広一《こういち》たちは呆然《ぼうぜん》と見《み》つめていた。

……知《し》っていたのだ、と広一《こういち》は考《かんが》えていた。典夫《のりお》は、みどりが彼《かれ》に好意《こうい》を寄《よ》せていたのを、ちゃんと知《し》っていたのだ。人《ひと》の愛情《あいじょう》とか好意《こうい》とかいうものには極度《きょくど》に敏感《びんかん》な典夫《のりお》が、そのことを知《し》っていないはずはなかったのだ……。

広一《こういち》はふと、嫉妬《しっと》を感《かん》じたが、しかし、それが典夫《のりお》に向《む》けたものか、みどりに向《む》けたものか……いや、おそらくはその両方《りょうほう》に向《む》けられたものとしか、彼《かれ》には思《おも》えなかった。

「……消《き》えたわ。」

つぶやくように母《はは》がいい、つづいて大谷先生《おおたにせんせい》が、ため息《いき》をつくのが聞《き》こえた。

しかし、広一《こういち》は振《ふ》り返《かえ》らなかった。金属球《きんぞくきゅう》のあったコンクリートの屋上《おくじょう》や、そのはての金網《かなあみ》や、さらには遠《とお》く広《ひろ》がる大阪《おおさか》の灯火《とうか》を、放心《ほうしん》したように見《み》つめていた。だれにも告《つ》げようのないむなしさ、敗北感《はいぼくかん》に似《に》たものにかわって、感慨《かんがい》が彼《かれ》をつつみはじめていたのである。いつのまにか視界《しかい》がゆがみ、にじみはじめていたのを、だれにも知《し》られたくなかったのである。

みどりの悲《かな》しみ

事件《じけん》の翌日《よくじつ》から、人々《ひとびと》の動《うご》きはさらに激《はげ》しくなった。校長先生《こうちょうせんせい》やその他《た》の先生《せんせい》がただけでなく、大阪市内《おおさかしない》の、消《き》えた生徒《せいと》たちと多少《たしょう》でも関係《かんけい》のあった父兄《ふけい》は、マスコミに、いつまでも追《お》いまわされた。

多《おお》くの新聞《しんぶん》や雑誌《ざっし》が、この奇妙《きみょう》な事件《じけん》のことを書《か》きたて、学者《がくしゃ》や文化人《ぶんかじん》までが、その原因《げんいん》について論《ろん》じていたのである。

だから、広一《こういち》たちもいつになったらおちついた生活《せいかつ》にもどれるのか、まったく予測《よそく》さえできなかった。根掘《ねほ》り葉掘《はほ》りその夜《よ》のことをたずねられて、すっかり気鬱《きうつ》になってしまったほどである。いつまでもかくしておけるものではない。どんなにかくしたところで、いつかはクラスメートの口《くち》から、あの夜《よ》のことはもれるだろうと判断《はんだん》した大谷先生《おおたにせんせい》たちは、思《おも》いきって広一《こういち》が学校《がっこう》でそのことを話《はな》したほうがいいだろうと、すすめたのであった。

広一《こういち》の報告《ほうこく》は、クラスじゅうにすごい反響《はんきょう》を起《お》こしたのはもちろん、そのために、それから何日《なんにち》も、いろんな人々《ひとびと》が阿南中学《あなんちゅうがく》へやってくるようになった。

典夫《のりお》のお父《とう》さんのいったことについても、いろんな人々《ひとびと》が憶測《おくそく》を並《なら》べたてた。一部《いちぶ》の人々《ひとびと》は肯定《こうてい》し、いままでのわれわれの常識《じょうしき》というものが、どれだけかたよっていたかを論証《ろんしょう》しようとしたが、他《た》の大多数《だいたすう》の人々《ひとびと》は、そんなことはあり得《え》ないという見地《けんち》から、広一《こういち》たちがうそをいっているか、それでなければ幻覚《げんかく》によるものだと考《かんが》えた。

しかし広一《こういち》はもう、そうした大人《おとな》たちの動《うご》きに逆《さか》らう気《き》はなかった。ひとつにはそんなことをしてもどうにもならないと思《おも》ったからであり、もうひとつはクラスメートのことが心配《しんぱい》だったからである。これ以上《いじょう》さらにさわぎたてることは、阿南中学《あなんちゅうがく》がいつまでたってもふだんの状態《じょうたい》にならないので、ろくに勉強《べんきょう》もできず、生徒《せいと》たちの心《こころ》をさわがすだけだということに、彼《かれ》は気《き》がついたのであった。

「したいように、させておけばいいのさ。」

と、広一《こういち》の父《ちち》はいうのであった。

「どうせマスコミなんて、あきっぽいんだ。そのうちにすっかり忘《わす》れてしまう……それまで待《ま》てばいいんだよ。何《なに》もこっちから、広一《こういち》自身《じしん》、うずの中《なか》に巻《ま》きこまれるような真似《まね》をしなくてもいいんだ。」

たしかにそのとおりであった。一日《にち》ごとに騒《さわ》ぎはおさまってゆき、一か月《げつ》ちかくたったころには、直接事件《ちょくせつじけん》にかかわりのあった人々《ひとびと》をのぞいては、ほとんどうわささえされないようになってしまっていた。いや、クラスメートでさえも、なるべくそのことにふれないようにした結果《けっか》、いつか典夫《のりお》のことも、それぞれの心《こころ》には残《のこ》っていながら、たいした問題《もんだい》とはならなくなってしまったのである。つまり、典夫《のりお》たちは、突然転校《とつぜんてんこう》してきてその日《ひ》から騒《さわ》ぎを起《お》こしたと同《おな》じように、騒《さわ》ぎとともに消《き》えてしまい、その存在《そんざい》はいつのまにかクラスメートの記憶《きおく》の中《なか》のものだけになってしまっていたのである。

だが広一《こういち》は知《し》っていた。ただひとり、どうしても典夫《のりお》のことを忘《わす》れられない人間《にんげん》がクラスにいるのを。……それは、いうまでもなく香川《かがわ》みどりであった。

教壇《きょうだん》に立《た》った国語《こくご》の先生《せんせい》が、手《て》にテストのたばを持《も》っているのを見《み》て、クラスのみんなは静《しず》かになった。

「これから、このあいだのテストを返《かえ》す。」

と、国語《こくご》の先生《せんせい》は大声《おおごえ》でいった。

「例《れい》の事件《じけん》のせいか、こんどはずいぶん成績《せいせき》が悪《わる》い。この三組《くみ》の平均点《へいきんてん》は四十七点《てん》だ……八十点《てん》以上《いじょう》は三人《にん》しかいない。こんなことでは困《こま》るぞ。こんどの期末《きまつ》テストには、もっとがんばるんだな。」

それから、ひとりひとり名《な》を呼《よ》んで、テストを返《かえ》しはじめた。

広一《こういち》の成績《せいせき》も、いつもよりはるかに悪《わる》かった。

「岩田《いわた》、きみまでがこんなことじゃいかんな。」

と、先生《せんせい》は小《ちい》さな声《こえ》でいった。

「八十三点《てん》じゃ、学年《がくねん》で十番以下《ばんいか》だぞ。」

広一《こういち》はだまって頭《あたま》をさげると、テストを受《う》けとって、机《つくえ》にもどってきた。

(でもまあいいさ。)

と、広一《こういち》は思《おも》った。

(こんどはもっとがんばればいい。……それに、国語《こくご》はどうせ、みどりがいつでもトップなんだ。八十三点《てん》もあればいいと思《おも》わなくちゃ。)

ちらりと目《め》をあげたとき、ぼんやりと自分《じぶん》の席《せき》にもどってくるみどりの姿《すがた》が見《み》えた。

「どうだった?」

広一《こういち》がたずねても、みどりは返事《へんじ》もしなかった。だまって席《せき》につくと、テストを一度《いちど》広《ひろ》げてから、ゆっくりとたたみはじめた。

そのとき、広一《こういち》はつい、みどりの点《てん》を見《み》てしまったのだ。……六十一点《てん》。

(まさか!)

と、広一《こういち》は思《おも》った。

(あの国語《こくご》が得意《とくい》なみどりが……。)

そういえば、近《ちか》ごろの香川《かがわ》みどりには、一時《いちじ》の生彩《せいさい》はまったくないといってよかった。快活《かいかつ》さが影《かげ》をひそめたのはもちろんのこと、体育《たいいく》の時間《じかん》でもさっぱり元気《げんき》がなく、授業中《じゅぎょうちゅう》に名《な》ざしされても、答《こた》えられないときのほうが多《おお》かったのである。

あのとき、典夫《のりお》のいったことを、広一《こういち》はそのまま、みどりに伝《つた》えたのだが、それがかえっていけなかったのかもしれない。あれ以後《いご》のみどりは、まるで人《ひと》が変《か》わったようであった。

「香川《かがわ》さん!」

広一《こういち》は、小《ちい》さな声《こえ》でみどりを呼《よ》んだ。

「香川《かがわ》さん!」

みどりはちらっと白《しろ》い顔《かお》を広一《こういち》に向《む》けたが、すぐに目《め》をふせて、かすかに首《くび》を横《よこ》に振《ふ》ってみせた。言葉《ことば》を返《かえ》すのが、ひどくめんどうだといったふうなのだ。

やはりまだ、典夫《のりお》のことを考《かんが》えているのだろうか……と、広一《こういち》は考《かんが》えるほかはなかった。このままではみどりにとって、あまりにも残酷《ざんこく》なことになる……いくら待《ま》っても、もう決《けっ》して典夫《のりお》は帰《かえ》ってこないだろう。それがわかっているだけに、いっそうみどりがあわれであった。

だが、広一《こういち》にはどうしようもなかった。だまって見《み》ているほかに、いったい何《なに》ができたというのだ。

なんということだ

いつか、カレンダーがひらめき飛《と》び去《さ》るような三学期《がっき》が始《はじ》まっていた。きびしく、不安《ふあん》や緊張《きんちょう》に満《み》ち、なおかつどことなく甘《あま》さをおびたシーズンを、広一《こういち》は毎朝《まいあさ》、アスファルトに凍《こお》りついた打《う》ち水《みず》をふみながら、早朝補習《そうちょうほしゅう》に通《かよ》いつづけていた。

広一《こういち》たちの阿南中学《あなんちゅうがく》は、例年《れいねん》、すぐ近《ちか》くにある北畠高校《きたばたけこうこう》への進学者数《しんがくしゃすう》がいちばん多《おお》いことでも有名《ゆうめい》であったから、生徒《せいと》たちはいまさら先生《せんせい》にいわれなくても、おたがいにそうとうな競争心《きょうそうしん》を燃《も》やしてがんばる。

それが三年進級《ねんしんきゅう》を間近《まぢか》にひかえた三学期《がっき》ともなれば、いささかきびしい空気《くうき》が感《かん》じられないこともない。早朝《そうちょう》の補習《ほしゅう》にも半数以上出席《はんすういじょうしゅっせき》するのが、毎年《まいとし》の例《れい》だった。

校門《こうもん》をはいったとき広一《こういち》は、バッグをさげ、うつむきかげんに歩《ある》いていく女生徒《じょせいと》の姿《すがた》を認《みと》めた。

みどりだった。

「おはよう！」

声《こえ》をかけて追《お》いついた広一《こういち》は、相手《あいて》の顔《かお》の色《いろ》がさえないのに気《き》がついた。

「ひさしぶりだね。」

「……ええ。」

なんとなくちぐはぐな感《かん》じのまま、ふたりは肩《かた》を並《なら》べて、補習《ほしゅう》の行《おこな》われる教室《きょうしつ》のドアをあけた。

時間《じかん》が早《はや》いので、まだだれもきていない……いや、教壇《きょうだん》のすぐ前《まえ》の席《せき》に、ひとりの少年《しょうねん》が、ぼろぼろの服《ふく》を身《み》にまとい、頭《あたま》をかかえてすわりこんでいる。

みどりが何《なに》かわけのわからぬ声《こえ》をあげた。広一《こういち》も手《て》にしていたバッグをほうりだすと、いっしょに教壇《きょうだん》のほうへかけ寄《よ》った。

なんということだ……こんな……しかし、彼《かれ》は大声《おおごえ》でわめいた。

「どうしたんだ！」

みどりも叫《さけ》んでいた。

「山沢《やまざわ》さん！」

ぼろぼろの、あちこち焼《や》けこげた服《ふく》をまとった山沢典夫《やまざわのりお》は、顔《かお》を起《お》こすと、ゆっくりと振《ふ》り返《かえ》った。

すきとおるような美貌《びぼう》に、この世《よ》のものとは思《おも》えない複雑《ふくざつ》な微笑《びしょう》が浮《う》かんでいるのを、広一《こういち》は見《み》てとった。

帰《かえ》ってきたのね

広一《こういち》とみどりがかけつけたとき、もう山沢典夫《やまざわのりお》は立《た》ちあがっていた。なんとも形容《けいよう》のしようがない弱々《よわよわ》しい表情《ひょうじょう》を浮《う》かべ、手《て》をのばそうとしたが――たちまち床《ゆか》に倒《たお》れふしたのである。

「山沢《やまざわ》！」

「しっかり！」

ふたりは典夫《のりお》を両側《りょうがわ》から助《たす》けおこした。すると典夫《のりお》は、ぼんやりと目《め》を開《ひら》いてこうつぶやいたのである。

「ヤマザワ……ノリオか。」

「なんだって？」

「そうだ。」

典夫《のりお》は宙《ちゅう》を見《み》つめ、微笑《びしょう》を浮《う》かべた。

「ぼくはまた……山沢典夫《やまざわのりお》にもどれたんだな……。」

そしてふたたび目《め》をとじると、ぐったりと手足《てあし》をたらしたのだ。

「山沢《やまざわ》さん！」

みどりが悲鳴《ひめい》をあげた。が、広一《こういち》のほうは、典夫《のりお》の鼻《はな》に手《て》を近《ちか》づけてからいった。

「だいじょうぶ……気《き》を失《うしな》っているだけだ。それよりも、すぐ保健室《ほけんしつ》へ運《はこ》ぼう。」

「え？」

呆然《ぼうぜん》と広一《こういち》を見《み》つめていたみどりは、数秒《すうびょう》ののちにやっとわれに返《かえ》ったか、大《おお》きくうなずいた。

「そうだわ……そうしましょう。」

ふたりでささえあげてみると、いまさらながら典夫《のりお》の姿《すがた》は痛々《いたいた》しかった。服《ふく》には焼《や》けこげや裂《さ》け目《め》がいたるところにあるし、体《からだ》にも何《なん》か所《しょ》も傷《きず》ができている。しかし、それにもかかわらず血《ち》の気《け》を失《うしな》った典夫《のりお》の顔《かお》は、大理石《だいりせき》の彫刻《ちょうこく》のように繊細《せんさい》で気品《きひん》に満《み》ちていた。

「帰《かえ》ってきたのね。」

と、みどりはつぶやきつづけていた。

「山沢《やまざわ》さん……やっぱり帰《かえ》ってきてくれたのね。」

だが広一《こういち》のほうは、どうして山沢典夫《やまざわのりお》がこの世界《せかい》にもどってきたのか……いや、なぜ典夫《のりお》だけがもどってきたのか……それに、このひどいようすはなんのせいなのか、それを考《かんが》えようとしていた。考《かんが》えれば考《かんが》えるほどわけがわからなくなってくるのも、またたしかなことではあったが……。

「まあっ、どうしたの？」

保健室《ほけんしつ》に通《つう》じる廊下《ろうか》まできたとき、広一《こういち》たちはばったりと、登校《とうこう》してきたばかりの大谷先生《おおたにせんせい》に出《で》くわした。

「まさか。」

と、先生《せんせい》は口《くち》を半分《はんぶん》あけたまま、典夫《のりお》を凝視《ぎょうし》した。

「これは……いえ、そんなことあるはずがない……まさか、山沢《やまざわ》くんでは……。」

「山沢典夫《やまざわのりお》さんです。」

みどりがしっかりした声《こえ》で答《こた》えた。ついいままで混乱《こんらん》し、あわてていたのに、いまではずっとおちついていた。

「保健室《ほけんしつ》へ行《い》こうと思《おも》うんですが……。」

「どこに……。」

大谷先生《おおたにせんせい》は、からからにかわいた声《こえ》でたずねた。

「どこにいたの？　それにその服《ふく》は……。」

いいかけたが、すぐにそれを中断《ちゅうだん》すると、いつもの大谷先生《おおたにせんせい》らしい、てきぱきとした調子《ちょうし》で指《し》示《じ》を始《はじ》めた。

「保健室《ほけんしつ》の鍵《かぎ》はあいていると思《おも》うわ……それから、校医《こうい》さんへの連絡《れんらく》は先生《せんせい》がしましょう。あなたがたは、とりあえず山沢《やまざわ》くんをベッドに寝《ね》かせてあげなさい。」

「はい。」

みどりはうなずくと、広一《こういち》に目《め》で合図《あいず》をして、また典夫《のりお》の片腕《かたうで》をにぎり、肩《かた》を貸《か》したまま歩《ある》きだした。

広一《こういち》はみどりといっしょに保健室《ほけんしつ》にはいりながら、新《あたら》しい驚《おどろ》きに打《う》たれていた。それはみどりの態度《たいど》についてであった。きのうまで、いやついさっきまで、ぜんぜん生彩《せいさい》のなかったみどりは、ふたたびあの断定的《だんていてき》で頭《あたま》の回転《かいてん》のいい、さえた少女《しょうじょ》に立《た》ち返《かえ》っている……その心理《しんり》は広一《こういち》にもわかるような気《き》がしたが、しかしこう現実《げんじつ》に見《み》せつけられてみると、やはり戸惑《とまど》いをおぼえるのだった。

「さ、岩田《いわた》くん、水《みず》を入《い》れてきてよ。」

みどりは典夫《のりお》を寝《ね》かしつけると、こんどはガスストーブに火《ひ》をつけ、それから広一《こういち》にヤカンを押《お》しつけた。

「お医者《いしゃ》さんがきたら、きっとお湯《ゆ》がいるんだから。」

そのとき、重《おも》いため息《いき》とともに、典夫《のりお》が目《め》をあけたのである。

「気《き》がついた？」

みどりがたずね、典夫《のりお》はかすかにうなずいてみせた。

「すぐ先生《せんせい》がたや、校医《こうい》さんがくるぞ。」

「しっかりしてね。」

典夫《のりお》のほおに血《ち》がさしてきた。朝日《あさひ》を浴《あ》びるバラのようだな……広一《こういち》は考《かんが》えた。なんだかとても幸福《こうふく》そうにさえ見《み》える。

「ここは……保健室《ほけんしつ》だな？」

かすかな声《こえ》で典夫《のりお》はいった。

「そうか……やっぱり助《たす》かったんだな。」

「どういう意味《いみ》だ？」

思《おも》わず広一《こういち》は反問《はんもん》した。

「いったい何《なに》が起《お》こったんだ？」

「だめよ！　岩田《いわた》くん、まだそんなことたずねちゃ。」

みどりが激《はげ》しくさえぎったが、典夫《のりお》はゆっくり手《て》を振《ふ》って、いった。

「いいんだ……いわせてくれ。」

ふたりはだまった。

「ぼくは……いや、ぼくたちは。」

と、典夫《のりお》は小《ちい》さな声《こえ》でいいはじめた。

「D《ディー》―26世界《せかい》へ行《い》った……。」

ふたりはうなずいた。そろそろ補習《ほしゅう》が始《はじ》まっているとみえて、校舎《こうしゃ》からは生徒《せいと》たちのざわめきが聞《き》こえてきたが、もうそれどころではなかったのだ。

「だがな……。」

典夫《のりお》は唇《くちびる》をかんだ。笑《わら》おうとしているらしいが、それはどう見《み》ても不自然《ふしぜん》な表情《ひょうじょう》にしかならなかった。

「だが……次元放浪民《じげんほうろうみん》なんて……ぼくたちだけじゃなかったんだ。」

「はは。」と、典夫《のりお》は声《こえ》をたてて笑《わら》った。

「ぼくたちだけが次元放浪民《じげんほうろうみん》だなどと考《かんが》えていたのは、たいへんなまちがいだった……ぼくたちはD《ディー》―26世界《せかい》で、ほかにも放浪民《ほうろうみん》がいることを知《し》った……。」

苦《くる》しげないい方《かた》だった。

「ほかの放浪民《ほうろうみん》たちは、ぼくたちよりずっとまえに、何万人《なんまんにん》も到着《とうちゃく》していたんだ。」

「…………」

「ところがD《ディー》―26世界《せかい》の人《ひと》たちは、そうした次元放浪民《じげんほうろうみん》などを受《う》け入《い》れることはできないと考《かんが》えていたんだ……どんな放浪民《ほうろうみん》であろうと、自分《じぶん》たちの中《なか》に入《い》れることを決《けっ》して許《ゆる》さなかった……。」

「…………」

「何《なに》が起《お》こったと思《おも》う。」

典夫《のりお》は歯《は》をくいしばった。目《め》からは涙《なみだ》があふれて落《お》ちた。

「D《ディー》―26世界《せかい》の人《ひと》たちは、ぼくらが到着《とうちゃく》しおわるのを待《ま》って、〝人間狩《にんげんが》り〟を始《はじ》めたんだ……たしかにD《ディー》―26世界《せかい》には戦争《せんそう》はなかった……でも、ないのがあたりまえだ！ そこの人々《ひとびと》は、まるで人間《にんげん》が猛獣狩《もうじゅうが》りをするのと同《おな》じように、次元放浪民《じげんほうろうみん》を見《み》つけては狩《か》りたてることで、闘争本能《とうそうほんのう》を満足《まんぞく》させていたんだ！」

広一《こういち》には典夫《のりお》の話《はなし》のすべてはわからなかったが、典夫《のりお》たちが一種《いっしゅ》のえじきにされたらしいことは、悟《さと》ることができた。

「ぼくたちは追《お》われた……みんな、ちりぢりばらばらになって……撃《う》たれた……石《いし》を投《な》げられ、捕《と》らえられて手《て》や足《あし》を……。」

「やめて！」

ふいにみどりが、耳《みみ》を押《お》さえた。

「やめてやめてやめて！」

「そう。」

声《こえ》がした。

「そんな話《はなし》はあとにしたほうがいいと思《おも》うな……まず山沢《やまざわ》くんの体《からだ》がさきじゃない？」

それは、いつのまにか保健室《ほけんしつ》の入《い》り口《ぐち》に立《た》っていた大谷先生《おおたにせんせい》だった。

「校医《こうい》さんもこられたし……。」

そういえば大谷先生《おおたにせんせい》のうしろには、校医《こうい》と、ふたりの先生《せんせい》がいて、しきりにこちらをのぞきこんでいるのだった。

「さあ……あなたがた、補習《ほしゅう》でしょう？」

大谷先生《おおたにせんせい》はまたいった。

「あとはこちらにまかせなさい。」

広一《こういち》がうなずこうとしたときだった。だしぬけに典夫《のりお》が、上半身《じょうはんしん》を起《お》こしたのである。

「………」

典夫《のりお》はいま初《はじ》めて気《き》がついたように、ぼんやりとみんなの顔《かお》を見《み》まわしていた。その表情《ひょうじょう》にみるみる絶望《ぜつぼう》の色《いろ》がかぶさってゆくのを、広一《こういち》は見《み》てとった。

「そうなのか。」

とてもさびしい声《こえ》だった。

「やっぱり……そうなのか……ここへ帰《かえ》ってきたのは……ぼくだけだったのか。」

全員《ぜんいん》が凍《こお》りついたように、その場《ば》につっ立《た》っていた。

典夫《のりお》が何《なに》をいおうとしているのか、広一《こういち》にはピンときた。典夫《のりお》は、自分《じぶん》の仲間《なかま》を、いや家族《かぞく》のことをいっているのだ……典夫《のりお》の父《ちち》や母《はは》や……。

典夫《のりお》はうつむいて、顔《かお》を両手《りょうて》でおおった。

「ああ……。」

と、声《こえ》がもれた。

「ぼくはひとりぼっちになってしまった。」

「違《ちが》うわ！」

かん高《だか》くみどりが叫《さけ》んだ。

「いいえ違《ちが》うわ……あなたはひとりぼっちじゃない……みんないるわ……クラスのみんなや、岩《いわ》田《た》くんや、それに。」

ほおがさっと赤《あか》くなった。

「わたしだって……。」

「どうしたらいいんだ？」

典夫《のりお》はくやし泣《な》きに似《に》た声《こえ》をあげた。

「ぼくには、なぜふつうの人《ひと》のような生活《せいかつ》が与《あた》えられないんだ？　ぼくは……。」

「しっかりして。」

みどりは典夫《のりお》のベッドのそばへかけ寄《よ》った。

「負《ま》けないで……ね、すぐにお父《とう》さんもお母《かあ》さんも見《み》つかるわ……しっかりして。元《げん》気《き》を出《だ》すのよ、典夫《のりお》さん！」

大谷先生《おおたにせんせい》があっという表情《ひょうじょう》を浮《う》かべたのに広一《こういち》は気《き》がついた。そう、たしかにみどりは山沢《やまざわ》さんといわず、典夫《のりお》さんといったのだ。

だが、そのことに気《き》づいたのは、大谷先生《おおたにせんせい》と広一《こういち》のふたりだけだった。先生《せんせい》はちらっと広一《こういち》を

見《み》ると、やさしくみどりの肩《かた》に手《て》をおいた。

「いまはおよしなさい。」

先生《せんせい》はやわらかくいった。

「山沢《やまざわ》くんはとても興奮《こうふん》しているわ……校医《こうい》さんにまかせて、ほかの人《ひと》は出《で》ましょう、ね?」

みどりはひとつ深《ふか》くうなずいた。そして頭《こうべ》をたれたまま、自分《じぶん》がいちばん先《さき》になって保健室《ほけんしつ》を出《で》ていった。

最後《さいご》に出《で》る広一《こういち》がベッドを見《み》たとき、典夫《のりお》は疲《つか》れきったのか、ぐったりとなった腕《うで》を校医《こうい》の注《ちゅう》射針《しゃばり》にまかせていた。

どうして典夫《のりお》を守《まも》るか

一時間目《じかんめ》は大谷先生《おおたにせんせい》の理科《りか》の時間《じかん》だったが、いつもの先生《せんせい》らしくもなく、なかなか教室《きょうしつ》にやってこなかった。

しかし、もし先生《せんせい》がきたとしても、とても授業《じゅぎょう》ができるような雰囲気《ふんいき》ではなかったこともたしかである。いつのまにか、うわさはうわさをよんで、学校《がっこう》じゅうが典夫《のりお》の話《はなし》でもちきりだったのだ。まして典夫《のりお》の属《ぞく》していた二年《ねん》三組《くみ》にいたっては、それこそ、ハチの巣《す》をつついたような騒《さわ》ぎがつづいていた。

「山沢《やまざわ》がもどってきたんだって？」

「いま、保健室《ほけんしつ》にいるそうよ。」

「いったい、どうしたんだろう。」

「知《し》るもんですか。」

クラスのだれもかれもが、てんでに憶測《おくそく》しながら話《はな》しあっている。ことに、実際《じっさい》に典夫《のりお》を保健《ほけん》室《しつ》にかつぎこんだ広一《こういち》とみどりは、十数人《じゅうすうにん》のクラスメートに囲《かこ》まれて、動《うご》くに動《うご》けないような状《じょう》態《たい》であった。

「で、どうなっているの？」

ひとりの女生徒《じょせいと》がたずねた。

「服《ふく》もぼろぼろだなんて……いったい、何《なに》が起《お》こったの？」

「ほかの次元《じげん》でいためつけられたらしいな。」

と、またひとりがいった。

「どうしてそんな目《め》にあったんだろう。」

「異次元《いじげん》のこと、きいた？」

わあわあわあ。

広一《こういち》はマシンガンのようにつぎつぎと浴《あ》びせられる質問《しつもん》に答《こた》えながら、ふと隣《となり》の香川《かがわ》みどりを見《み》た。クラスメートたちの問《と》いに応《おう》じてはいるものの、必要以上《ひつよういじょう》のことは決《けっ》してしゃべろうとせず、声《こえ》がとだえると、ふっと考《かんが》えこむような目《め》になる。こんな騒《さわ》ぎの中心《ちゅうしん》にはいたくない……できればひとりで考《かんが》えごとをしたいというふうだった。

十五分《ふん》もたったころ、ようやく教室《きょうしつ》の前《まえ》のほうのドアがガラガラと開《ひら》かれた。大谷先生《おおたにせんせい》だった。きっと典夫《のりお》のことについて、いろんな打《う》ち合《あ》わせをしてきたのにちがいない。みんなはどっと立《た》ちあがると教壇《きょうだん》に殺到《さっとう》した。

「先生《せんせい》！　どうなんですか？」

「どうなっているんですか？」

「だまって。」

と、先生《せんせい》は両手《りょうて》をひろげた。

「すわりなさい……すわるのよ！」

先生《せんせい》の気勢《きせい》に打《う》たれて、みんなはぞろぞろと席《せき》についた。しだいに教室《きょうしつ》の中《なか》は静《しず》まっていった。

だが、それは先生《せんせい》の発言《はつげん》を待《ま》ちかまえ、期待《きたい》している静《しず》けさであった。みんなはかたずをのんで、先生《せんせい》の言葉《ことば》を待《ま》っていた。

大谷先生《おおたにせんせい》は、しかしだまって教科書《きょうかしょ》を取《と》りあげると、クラスを見渡《みわた》していったのである。

「きょうは細胞組織《さいぼうそしき》のところをやりましょう。」

一瞬《いっしゅん》にして教室《きょうしつ》の静《しず》けさは破《やぶ》れた。何人《なんにん》かが立《た》ちあがるか手《て》をあげるかして、先生《せんせい》に叫《さけ》んでいた。

「山沢《やまざわ》くんのこと、教《おし》えてください！」

「こんなんじゃ、勉強《べんきょう》だって頭《あたま》にはいりませんよ！」

先生《せんせい》は教科書《きょうかしょ》をおき、まず広一《こういち》に、ついでみどりに視線《しせん》を向《む》けた。それからクラス全体《ぜんたい》を見《み》まわすと、いたずらっぽい顔《かお》をしたのた。

「気《き》になる？」

「当然《とうぜん》ですよ！」

声《こえ》が乱《みだ》れとんだ。

先生《せんせい》はにっこりした。

「そう……じゃ話《はな》すわ。」

腕《うで》をうしろに組《く》むと、教壇《きょうだん》を歩《ある》きはじめた。

「いままで職員会議《しょくいんかいぎ》があったんだけれど、とにかく、問題《もんだい》は複雑《ふくざつ》なのよ……まず山沢《やまざわ》くんは、この学校《がっこう》の生徒《せいと》かどうかということから始《はじ》めなくちゃならないんだし。」

がやがやという声《こえ》を制《せい》すると、先生《せんせい》は説明《せつめい》をつづけた。

「なんにしても、あの行方不明《ゆくえふめい》になった人《ひと》たち全員《ぜんいん》、いまじゃ籍《せき》があるかどうかさえはっきりしていないわ……戸籍《こせき》だって住民票《じゅうみんひょう》だって、学籍簿《がくせきぼ》だって、まだ書類上《しょるいじょう》は残《のこ》っているけど、ほんとうは作《つく》られたものだということがわかっているでしょ？　もしいま山沢《やまざわ》くんたちがみんなもどってきたら、またまたたいへんな騒《さわ》ぎになるでしょうし。」

「先生《せんせい》！」

みどりがすっと立《た》ちあがっていた。

「先生《せんせい》！　どうしてそんないい方《かた》をなさるんですか？　あんまり冷《つめ》たいじゃありませんか。わたしたち、いまでも山沢《やまざわ》くんはクラスメートだと思《おも》っています！」

そうだそうだ、という声《こえ》がつづいた。

先生《せんせい》はうなずきながらみどりの言葉《ことば》を聞《き》いていたが、ふたたび教壇《きょうだん》の上《うえ》を歩《ある》きはじめた。

「みんなのいうことは、よくわかるつもりよ。」

と、先生《せんせい》は低《ひく》くいった。

「でもこれが社会常識《しゃかいじょうしき》というものよ。感情《かんじょう》や理屈《りくつ》だけで動《うご》くまえに、まず社会《しゃかい》に対《たい》する判断《はんだん》が必要《ひつよう》なの。」

「むちゃです。」

広一《こういち》さえ、たまりかねて叫《さけ》んだ。

「先生《せんせい》がそんなことをおっしゃるとは思《おも》いませんでした。」

大谷先生《おおたにせんせい》は背筋《せすじ》をのばし、広一《こういち》の発言《はつげん》にはかまわずつづけた。

「それだけのことをまず考《かんが》えてから、対策《たいさく》を考《かんが》えなければいけなかったのよ……だから時間《じかん》がかかったの……どうせ間《ま》もなく、まえのようにマスコミの人《ひと》がどっとやってくるでしょうね……だから職員会議《しょくいんかいぎ》で、わたしたちはどうして山沢《やまざわ》くんを守《まも》るか、それを考《かんが》えなければならなかったの。」

なんだ……と広一《こういち》は思《おも》った。はじめからそういってくれればいいのに、あんないい方《かた》をするとは先生《せんせい》も人《ひと》が悪《わる》い……どうやらクラスの全員《ぜんいん》が同《おな》じことを考《かんが》えて安心《あんしん》したらしかった。

「それに、まず山沢《やまざわ》くんを病院《びょういん》へ入《い》れなくちゃならなかった……山沢《やまざわ》くんはいまのところひとりぼっちだから、いちおう先生《せんせい》が保証人《ほしょうにん》ということになって、ついさっき、近《ちか》くの府立病院《ふりつびょういん》へ入院《にゅういん》させてきたのよ……ずいぶんひどいけがをしているけれども、二日《ふつか》もすればずっとよくなるだろうって。」

先生《せんせい》は教科書《きょうかしょ》を取《と》りあげた。

「そして、あさってぐらいまでは面会謝絶《めんかいしゃぜつ》ということにしてもらっているから――まあ半分《はんぶん》はマスコミを避《さ》けるためだけど――そのあとでみんなで見舞《みま》いにいくといいわね。さあ教科書《きょうかしょ》を開《ひら》きなさい。これで満足《まんぞく》したでしょう?」

みんなは教科書《きょうかしょ》を開《ひら》いた。先生《せんせい》はいつもとまったく変《か》わりのない調子《ちょうし》で授業《じゅぎょう》をつづけていった。

屋上《おくじょう》から降《お》りてくる

「どうやら、またしばらくマスコミに追《お》いまわされそうじゃないか。」

晩《ばん》ごはんのあと、父《ちち》が読《よ》みかけの雑誌《ざっし》をおくと笑《わら》った。

「まるで、有名人《ゆうめいじん》なみだな。」

「わたしも広一《こういち》から聞《き》いたり、ニュースを見《み》たりしたんだけど。」

母《はは》が心配《しんぱい》そうな声《こえ》を出《だ》した。

「まるで、夢《ゆめ》のような話《はなし》だわね。」

「おいおい、母《かあ》さんまでがそんなことといっちゃ困《こま》るな。」

父《ちち》がひやかした。

「母《かあ》さんはなんといっても、まえの消失事件《しょうしつじけん》のときの、〝目撃者《もくげきしゃ》〟なんだぞ。」

「でも……。」

「なんにしろ、やっかいなことだ。」

父《ちち》は首《くび》をのばして広一《こういち》を見《み》た。

「なあ広一《こういち》、覚悟《かくご》はできてるかい。」

広一《こういち》は肩《かた》をすくめたが、ふと顔《かお》をあげていった。

「そういえば……お隣《となり》にはもう別《べつ》の人《ひと》が引《ひ》っ越《こ》してきていたね？」

「そう……先月《せんげつ》だったかしらね。」

と、母《はは》。

「どうかしたの？」

「じゃ、山沢《やまざわ》の家《いえ》は、いま、ないわけだ。」

広一《こういち》はほおづえをついた。

「あいつ、どこに住《す》むんだろう。」

「でもお気《き》のどくねえ。」

母《はは》がつぶやいた。

「お父《とう》さんも、お母《かあ》さんも行方不明《ゆくえふめい》だなんて……。」

広一《こういち》はいすにすわったまま、ぼんやりと典夫《のりお》のことを考《かんが》えていた。まったく、なんということだろう……別《べつ》の次元《じげん》へ行《い》ったはずが、そこで迫害《はくがい》されてちりぢりになってしまうなんて……こんなことは予想《よそう》もしなかったのに。

「おい。」

低《ひく》い声《こえ》で父《ちち》がいっていた。

「なあ、だれかきたんじゃないか？」

広一《こういち》は、はっと目《め》を外《そと》へ向《む》けた。

「新聞記者《しんぶんきしゃ》かしら。」

母《はは》がすばやく応《おう》じ、すっと台所《だいどころ》のほうへ近《ちか》づいた。

外《そと》のざわめきはだんだんと大《おお》きくなっていく。それも、ひとりやふたりではない、十人《にん》、いや、何十人《なんじゅうにん》もの人々《ひとびと》が、がやがやと話《はな》しあっているような気配《けはい》だった。

広一《こういち》たちは息《いき》をつめた。またマスコミに追《お》われるのか……。だが、その人々《ひとびと》はただ話《はな》しあっているだけで、いつまでたっても広一《こういち》の家《いえ》のブザーを押《お》そうとはしなかった。

「おかしいわね。」

台所《だいどころ》で耳《みみ》をすましていた母《はは》がいった。

「屋上《おくじょう》から、あとからあとから人《ひと》が降《お》りてくるようだわ。」

屋上《おくじょう》？　広一《こういち》と父《ちち》は目《め》を見合《みあ》わせた。もしや？　という感《かん》じをいだいたまま、広一《こういち》は玄関《げんかん》へ走《はし》っていき、のぞき窓《まど》のカーテンを持《も》ちあげてみた。

外《そと》の廊下《ろうか》は、人《ひと》でいっぱいだった。老人《ろうじん》や少年少女《しょうねんしょうじょ》、男《おとこ》や女《おんな》……いずれもぼろぼろの服《ふく》をまとって、ひしめいているのだ。その人々《ひとびと》の中《なか》に、たしかに典夫《のりお》のお父《とう》さんとおぼしき姿《すがた》を認《みと》めた広一《こういち》は、つぎの瞬間《しゅんかん》ドアの錠《じょう》をあけると廊下《ろうか》にとび出《だ》していた。

帰《かえ》ってきた人々《ひとびと》

広一《こういち》が走《はし》り出《で》てくる気配《けはい》に、六四〇号室《ごうしつ》の前《まえ》に群《むら》がった人々《ひとびと》は、どっと振《ふ》り返《かえ》った。

「山沢《やまざわ》くんのお父《とう》さんじゃありませんか！」

広一《こういち》は叫《さけ》んだ。

「いったい、どうしたっていうんです！」

顔《かお》も手《て》もよごれ、ぼろぼろの服《ふく》をまとった人々《ひとびと》の中《なか》から、典夫《のりお》のお父《とう》さんが電撃《でんげき》を受《う》けたように顔《かお》をあげた。

「きみは、岩田《いわた》くん！」

典夫《のりお》のお父《とう》さんは、かけ寄《よ》ると、広一《こういち》の肩《かた》を両手《りょうて》で強《つよ》く押《お》さえた。

「典夫《のりお》は？　典夫《のりお》がこっちへ帰《かえ》ってきてはいませんか？」

頭《あたま》をさげた。

「教《おし》えてください……わたしたちはやっとのことでここへ逃《に》げてきたんです。みんなばらばらになって……でも、典夫《のりお》が逃《に》げるならここしかないと思《おも》って、この人《ひと》たちといっしょに、D《ディー》—15世《せ》界《かい》へもどってきたんです。教《おし》えてください！」

なんともいいようのない安堵感《あんどかん》が、怒濤《どとう》のように広一《こういち》の胸《むね》に流《なが》れこんできた。

（よかった。）

――広一《こういち》は、しっかりと典夫《のりお》のお父《とう》さんの顔《かお》を見《み》ると叫《さけ》んだのである。

「典夫《のりお》くんは、ひと足《あし》さきに帰《かえ》っていますよ！　いま、府立病院《ふりつびょういん》に収容《しゅうよう》されているはずです。」

期《き》せずして歓声《かんせい》があがった。典夫《のりお》のお父《とう》さんは、必死《ひっし》で涙《なみだ》をこらえようとしているふうだったが、とうとうたまりかねて、腕《うで》で顔《かお》を乱暴《らんぼう》にぬぐった。その肩《かた》へ、典夫《のりお》のお母《かあ》さんが顔《かお》を寄《よ》せた。

「どうだ、いったとおりだろう。」

典夫《のりお》のお父《とう》さんはみんなに叫《さけ》びかけた。

「D《ディー》―15世界《せかい》だ。ここなら、みんな、なんとかやってゆけるぞ！」

それから、広一《こういち》にはわからない言葉《ことば》で、早口《はやくち》にしゃべりたてた。なんの意味《いみ》かはわからなかったが、広一《こういち》には、それがD《ディー》―26世界《せかい》の言葉《ことば》だろうと想像《そうぞう》できた。

「府立病院《ふりつびょういん》って、あの、ここから南《みなみ》へ行《い》った病院《びょういん》ですね？」

ようやくわれに返《かえ》ったらしいお父《とう》さんは、広一《こういち》にいった。

「すぐに行《い》ってやりたいと思《おも》います。」

そのとき、ドアが開《ひら》いて、広一《こういち》の父《ちち》が現《あらわ》れた。

「広一《こういち》、どうしたんだ？」

それから目《め》をあげて、典夫《のりお》のお父《とう》さんを認《みと》めた。

「典夫《のりお》くんのお父《とう》さんですね？」

父《ちち》は歩《あゆ》み寄《よ》って手《て》をさしだした。

「息子《むすこ》からいろいろ話《はなし》を聞《き》いています。たいへんな目《め》にあわれたようで。」

「ありがとう……ありがとう。」

典夫《のりお》のお父《とう》さんは、手《て》をにぎりかえしながら何度《なんど》も頭《あたま》をさげた。

「ほんとに、わたしたちは愚《おろ》かでした。いつも最上《さいじょう》のものを求《もと》めてさまよっていた結果《けっか》がこれです。おはずかしい。」

「すぐに病院《びょういん》に行《い》かれたほうがいいでしょう。」

父《ちち》はそういって、ほかの人々《ひとびと》を見《み》まわした。

「この人《ひと》たちは？」

「わたしたちといっしょに逃《に》げてきた次元放浪民《じげんほうろうみん》たちです。わたしたちと同《おな》じ仲間《なかま》の者《もの》もいるし、D《ディー》―26世界《せかい》で初《はじ》めて出会《であ》った人《ひと》もいますが、みんな〝人間狩《にんげんが》り〟に追《お》いたてられて逃《に》げてきた人々《ひとびと》です。」

そのころには、もう騒《さわ》ぎを聞《き》きつけたのか、廊下《ろうか》には、首《くび》を出《だ》したり、こっちを見《み》たりする人《ひと》がふえていた。広一《こういち》の父《ちち》は、そうしたようすをすばやく見《み》てとると、

「あなたがたは、すぐに府立病院《ふりつびょういん》に行《い》かれたらいいでしょう。広一《こういち》と家内《かない》に案内《あんない》させます。それから、ほかの人《ひと》たちは……そうですな、さしあたって、今夜《こんや》の寝場所《ねばしょ》もないわけですな……。よろしい、わたしにまかせてください。心《こころ》あたりがありますから。」

「でも……。」

「くわしい話《はなし》は、おちついてからでけっこう。」

父《ちち》は笑《わら》ってみせた。

「それよりも、まずゆっくりと休息《きゅうそく》することですよ。どうせ警察《けいさつ》やマスコミが殺到《さっとう》するでしょうから、それまでに体力《たいりょく》をつけておくべきですな。」

広一《こういち》は、力強《ちからづよ》く指示《しじ》している父《ちち》を誇《ほこ》らしく思《おも》った。

あしたを創《つく》る

病院《びょういん》の面会時間《めんかいじかん》はまだ終《お》わっていなかった。広一《こういち》たちは受付《うけつけ》で病室番号《びょうしつばんごう》を聞《き》くと、すぐに階段《かいだん》をのぼっていった。だれも口《くち》をきかないので、四人《にん》の足音《あしおと》は夜《よる》の廊下《ろうか》に大《おお》きくひびいた。

「ここだ。」

広一《こういち》たちが立《た》ちどまったとき、そのドアのむこうでつづいていたらしい低《ひく》い話《はな》し声《ごえ》がやんだ。

(だれかきているのかな?)

広一《こういち》が思《おも》ったとき、ドアは内側《うちがわ》からそっとあけられた。

「あっ、大谷先生《おおたにせんせい》!」

「岩田《いわた》くん?」

先生《せんせい》はそういい、視線《しせん》を広一《こういち》の後方《こうほう》にうつすと、一瞬信《いっしゅんしん》じられないような表情《ひょうじょう》になり、たちまち驚《おどろ》きの声《こえ》をあげた。

「これは、山沢《やまざわ》くんのお父《とう》さん! それにお母《かあ》さんですね?」

その声《こえ》で女《おんな》の子《こ》が顔《かお》を見《み》せた。香川《かがわ》みどりだった。みどりは事情《じじょう》をすぐに察《さっ》したらしく、パッと顔《かお》を輝《かがや》かせた。

そのとき、すでに典夫《のりお》のお父《とう》さんとお母《かあ》さんは病室《びょうしつ》に走《はし》りこんでいた。

広一《こういち》と母《はは》がそれにつづいた。

ベッドに半身《はんしん》を起《お》こした典夫《のりお》は、大《おお》きく目《め》をみはったまま、何《なに》もいおうとはしなかった。

が、つぎの瞬間《しゅんかん》、典夫《のりお》たちは強《つよ》く抱《だ》きあっていたのである。

「よかった、よかった。」

大谷先生《おおたにせんせい》がうわごとのようにつぶやきつづけている。広一《こういち》はなんだか、ひざの力《ちから》がすっと抜《ぬ》けていくように思《おも》った。あまりにすべてが、うまくいきすぎたような感《かん》じだった。

母《はは》がそっと広一《こういち》に目《め》くばせした。それは、これ以上典夫《いじょうのりお》たちのじゃまをせずに帰《かえ》ろうという合《あい》図《ず》だった。

そうした空気《くうき》を、大谷先生《おおたにせんせい》も察《さっ》したのだろう、みどりに何《なに》かいおうとしたときである。

「待《ま》ってください！」

それは、典夫《のりお》のお父《とう》さんだった。

「お願《ねが》いですから、もうすこしいてくれませんか？　わたしたちは、もう自分《じぶん》たちだけの生活《せいかつ》にとじこもっているつもりはありません。みんなといっしょにやってゆかなければ、ほんとうの生《い》き方《かた》はないということに、やっと気《き》がついたんです。……どうか、すわってください。いま、みなさんに行《い》かれてしまうと、わたしたちはとてもさびしい思《おも》いをしなければなりません！」

「ほんとうだ！」

朝《あさ》とくらべると、すっかり元気《げんき》になった典夫《のりお》もいった。まだ体《からだ》のあちこちに包帯《ほうたい》をしているが、声《こえ》はふだんの典夫《のりお》と変《か》わらなかった。

「みんな、帰《かえ》らないでくれ！」

（あいかわらずわがままなヤツだ。）

――広一《こういち》はふとそう思《おも》ったが、ふしぎに腹《はら》はたたなかった。それよりも逆《ぎゃく》に、何《なに》か温《あたた》かいものを典夫《のりお》の言葉《ことば》に感《かん》じとったのである。

「いや、振《ふ》り返《かえ》ってみると、わたしたちはずいぶん多《おお》くの世界《せかい》を見《み》てきました。」

典夫《のりお》のお父《とう》さんがいった。

「そう……ほんとうにさまざまです。同時《どうじ》に存在《そんざい》しながら別《べつ》の時空系列《じくうけいれつ》にはいっているせいか、あるいは時間自体《じかんじたい》の屈曲《くっきょく》、歴史《れきし》の違《ちが》いなどが、もともと同《おな》じ人間《にんげん》を、あんなふうに変《か》えてしまうのでしょうか……。とにかく、極度《きょくど》に発達《はったつ》した世界《せかい》や、動物《どうぶつ》たちと共存共栄《きょうぞんきょうえい》している人《ひと》たち、また、いまやっと鉄《てつ》の時代《じだい》にはいろうとしている社会《しゃかい》など、さまざまです。」

病室《びょうしつ》のほの暗《ぐら》い光《ひかり》の中《なか》で、典夫《のりお》のお父《とう》さんはしみじみと話《はな》した。

「しかし、どの社会《しゃかい》もゆっくりと、あるいは急速《きゅうそく》に、科学《かがく》の時代《じだい》にはいってゆく……。もちろん、なかにはついに科学時代《かがくじだい》にさえも達《たっ》しないところもあるのですが……しかし考《かんが》えてみるとわれわれは、そうした時代《じだい》には住《す》めないんです。」

やわらかな微笑《びしょう》がほおに浮《う》かんだ。

「なぜなら、わたしたちはすでに科学《かがく》の成果《せいか》による文明《ぶんめい》というものを知《し》った。それに慣《な》れてしまったんです。いまさら科学《かがく》のない時代《じだい》にもどろうとしたところで、身《み》についた習慣《しゅうかん》や考《かんが》え方《かた》は、決《けっ》してもとにはもどりません。たとえそれがエデンの園《その》のようなところでも、きっと辛抱《しんぼう》できないでしょう。しかたのないことです。わたしたちのしなければならないのは、時代《じだい》を逆行《ぎゃっこう》させたり、逃《に》げまわったりすることではなく、勇気《ゆうき》を持《も》って未来《みらい》に立《た》ち向《む》かい、わたしたち自身《じしん》のための未来《みらい》を創《つく》りあげること。最終戦争《さいしゅうせんそう》の恐怖《きょうふ》におびえるまえに、なんとかしてみんなで最終戦《さいしゅうせん》争《そう》が起《お》こらないよう、力《ちから》を合《あ》わせること……これだったんですね。いや、そうでなければならないんです。」

みんな、典夫《のりお》のお父《とう》さんの言葉《ことば》に聞《き》き入《い》っていた。

「もちろんこの世界《せかい》にもいろんな矛盾《むじゅん》やとんでもないことがたくさんありますよ。それに、ともするとわたしたちの未来《みらい》は真《ま》っ暗《くら》のように思《おも》えることがあるのも、ほんとうのことです。でもね、みんなそれでもがんばっている。なんとかして自分《じぶん》たちの手《て》でよい未来《みらい》を創《つく》ろうとして生《い》きている……。この岩田《いわた》くんのようにね。これですよ。これがあるかぎり、この世界《せかい》はだいじょうぶです。いや、そうじゃない、わたしたちもそうして生《い》きなければならないんです。負《ま》けないで、みんなで手《て》を取《と》りあってやりぬくこと。自分《じぶん》たちに与《あた》えられた問題《もんだい》に全力《ぜんりょく》で立《た》ち向《む》かうファイトを失《うしな》わないこと、これですよ。……わたしたちはここに永住《えいじゅう》したいと思《おも》います。」

「ほんとうですか？」

みどりがうれしそうに声《こえ》をあげた。だれの顔《かお》も輝《かがや》いているようだった。あかりこそ暗《くら》かったが、このときみんなの表情《ひょうじょう》には、この世《よ》の中《なか》で、なんとかして自分《じぶん》たちの手《て》で未来《みらい》を創《つく》りだそうという意志《いし》と希望《きぼう》が、浮《う》かんでいたのである。

「あら、だれかきたわ。」

広一《こういち》の母《はは》がいったとき、病室《びょうしつ》のドアが静《しず》かにあけられた。父《ちち》だった。オーバーを着《き》こみ、肩《かた》を丸《まる》めてはいってくると、すぐにいった。

「やあ、みなさん。」

そして典夫《のりお》のお父《とう》さんに告《つ》げた。

「みんな、上本町《うえほんまち》の、会社《かいしゃ》の関係《かんけい》の寮《りょう》に泊《と》まってもらいました。門限《もんげん》は十時《じ》ですから、もうほかの人《ひと》はだれもはいれません。あすの朝《あさ》まで、マスコミにつかまることもないでしょう。」

「十時《じ》ですって？」

奇声《きせい》をあげたのはみどりである。

「たいへんだわ。もうそんな時間《じかん》なの？」

「心配《しんぱい》しなくてもいいわよ。」

大谷先生《おおたにせんせい》がみどりの肩《かた》に手《て》をかけた。

「先生《せんせい》が送《おく》っていってあげるわ。」

「それじゃ……。」

広一《こういち》たちは立《た》ちあがった。が、窓《まど》ぎわのベッドの典夫《のりお》がふいに大《おお》きな声《こえ》をあげたので、立《た》ちどまった。

「雪《ゆき》だよ！」

窓《まど》の外《そと》をゆびさしながら、典夫《のりお》は子《こ》どものようにはしゃいでいた。

「雪《ゆき》だ！　ぼたん雪《ゆき》だ。」

すすけた窓《まど》わくのかなたに、たしかに大《おお》きな雪片《せっぺん》が舞《ま》いはじめていた。室内《しつない》のあかりをうけて、あとからあとから、現《あらわ》れては沈《しず》んでゆくのである。それは、どことなく人《ひと》の心《こころ》を明《あか》るくするような光景《こうけい》だった。典夫《のりお》だけではなく、だれもかれもが、胸中《きょうちゅう》にあかりがついたような顔《かお》をしていたのである。

「そう……雪《ゆき》ね。」

大谷先生《おおたにせんせい》がつぶやいた。

「なんだか、ことしはいろいろと、いいことがありそうな気《き》がするわ。」

「この調子《ちょうし》では、積《つ》もるかもしれませんよ。」

広一《こういち》の父《ちち》がほがらかにいった。

「このぶんでは、うまくタクシーがつかまるかどうか……。」

そして広一《こういち》と母《はは》を見《み》た。

「帰《かえ》ろうか。」

「うん。」

広一《こういち》は答《こた》えると、山沢一家《やまざわいっか》に声《こえ》をかけた。

「さよなら。」

典夫《のりお》のお父《とう》さんが会釈《えしゃく》した。

「ほんとうにいろいろとありがとう。」

「典夫《のりお》さん、さようなら。」

みどりもいった。典夫《のりお》は整《ととの》った顔《かお》をすこしやわらげると、こういったのだ。

「さよなら……。また、あした。」

そう……広一《こういち》はふと胸《むね》を打《う》たれるものを感《かん》じた。そうだ〝またあした〟という言葉《ことば》こそ、いまのみんなの気持《きも》ちではなかっただろうか。いまでは、山沢一家《やまざわいっか》にはあしたというものがあるのだ。いや、山沢一家《やまざわいっか》だけではない。ほかの次元放浪民《じげんほうろうみん》の人《ひと》たちや、大谷先生《おおたにせんせい》や香川《かがわ》みどりや、広一《こういち》たちの上《うえ》にも、同《おな》じように存在《そんざい》するのだ、と思《おも》った。

あした……それは、だれにでもあるのだ。そのことを知《し》ってさらにすばらしいあしたを創《つく》るのは、ぼくたち自身《じしん》でなければならないのだ。

最後《さいご》の授業時間《じゅぎょうじかん》

当然《とうぜん》のことながら、典夫《のりお》たち次元放浪民《じげんほうろうみん》をどうするかということについて、激《はげ》しい論議《ろんぎ》が巻《ま》きおこった。

しかし、けっきょくのところ、すべての人々《ひとびと》はかれらを日本国民《にほんこくみん》として処遇《しょぐう》することになったのだ。作《つく》られたものだとはいえ、戸籍《こせき》も住民票《じゅうみんひょう》も、本物《ほんもの》とまったく区別《くべつ》がつかないのだし、なんといっても人々《ひとびと》の同情《どうじょう》が集《あつ》まって世論《せろん》になったからである。事態《じたい》は明《あき》らかによい方向《ほうこう》にむかっていた。

窓《まど》から流《なが》れこんでくる風《かぜ》は強《つよ》かったが、しかし、そこにはたしかに、もうすぐそばまできた春《はる》の息吹《いぶき》がある。

すこし早《はや》めに授業《じゅぎょう》をきりあげた大谷先生《おおたにせんせい》は、教科書《きょうかしょ》をとじると、教卓《きょうたく》に手《て》をついて二年《ねん》三組《くみ》の一同《いちどう》を見渡《みわた》した。

「これで、二年《ねん》の理科《りか》の授業《じゅぎょう》は全部《ぜんぶ》おしまいです。」

先生《せんせい》はいった。

「すぐに学年末《がくねんまつ》試験《しけん》が始《はじ》まって、それから終業式《しゅうぎょうしき》というわけだけど……こんどは三年生《ねんせい》よ。高校《こうこう》入試《にゅうし》の勉強《べんきょう》はしっかりやってね。」

みんな、奇妙《きみょう》に静《しず》かだった。どことなくうらさびしい感《かん》じが教室《きょうしつ》にただよっている。みんな、過《す》ぎ去《さ》った一年《ねん》のことを考《かんが》えているのだな……と広一《こういち》は思《おも》った。広一《こういち》自身《じしん》にとっても、この一年《ねん》間《かん》はなんとめまぐるしくいそがしかったことだろう。ことに、山沢典夫《やまざわのりお》が出現《しゅつげん》してからの毎日《まいにち》は、過《す》ぎてしまったいまになって考《かんが》えると、まるで夢《ゆめ》のような気《き》がする。

しばらくだまっていた大谷先生《おおたにせんせい》は、そのとき思《おも》い出《だ》したようにみんなにいった。

「ところで、きょうは、みんなにお話《はな》ししなければならないことがあるのよ。」

そして最前列《さいぜんれつ》の典夫《のりお》をゆびさした。

「山沢《やまざわ》くん、あなたから話《はな》したら……?」

広一《こういち》はどきんとして、立《た》ちあがった典夫《のりお》のほうを見《み》た。また何《なに》か起《お》こったのだろうか?

「ぼくは、来学年《らいがくねん》から東京《とうきょう》に住《す》むことになりました。」

と、典夫《のりお》は話《はな》しはじめた。

「東京《とうきょう》? じゃ、転校《てんこう》するのかしら。」

みどりがそっと広一《こういち》にささやいた。クラスメートたちも同《おな》じ気持《きも》ちだったとみえて、つぶやくようなざわめきが教室《きょうしつ》に満《み》ちた。そのざわめきが静《しず》まるのを待《ま》って、典夫《のりお》は静《しず》かに、しかしはっきりというのだった。

「ごぞんじのように、ぼくたち次元放浪民《じげんほうろうみん》は、この世界《せかい》でそれぞれ仕事《しごと》を見《み》つけて全国《ぜんこく》に散《ち》ってゆきました。ぼくの父《ちち》もじっくりと腰《こし》をすえて、この世界《せかい》の役《やく》に立《た》ちたいといっていたんですが……こんど、東京《とうきょう》のほうに技師《ぎし》の仕事《しごと》が見《み》つかったんです。」

ちょっと語尾《ごび》がかすれたが、典夫《のりお》はすぐにしっかりした声《こえ》でつづけた。

「これは、きのうの晩《ばん》、急《きゅう》に決《き》まったことなんです。ぼくはこの学校《がっこう》をかわるのはいやだと思《おも》いました。けど、やがて別《わか》れ別《わか》れにならなければならないことははっきりしているのですから、ここで父《ちち》といっしょに東京《とうきょう》へ引《ひ》っ越《こ》そうと思《おも》います。ぼくは……東京《とうきょう》へ行《い》ってもこのクラスのことは決《けっ》して忘《わす》れません。大谷先生《おおたにせんせい》や、岩田《いわた》くんや、香川《かがわ》さんや、みんなのことを思《おも》い出《だ》しながら、新《あたら》しい学校《がっこう》で勉強《べんきょう》をつづけるつもりです。」

「山沢《やまざわ》くんは、あとでみんなにいうつもりだったらしいけど……。」

大谷先生《おおたにせんせい》が、典夫《のりお》の言葉《ことば》をひきとって説明《せつめい》した。

「先生《せんせい》はきょう、ここで発表《はっぴょう》しなさいといったのよ。だってこのクラスの全員《ぜんいん》が山沢《やまざわ》くんの友《とも》だちなんだから、その義務《ぎむ》があると思《おも》ったの。……そうじゃないかしら。」

広一《こういち》は、先生《せんせい》と典夫《のりお》に交互《こうご》に目《め》を向《む》けながら話《はなし》を聞《き》いていた。はじめのうち、典夫《のりお》がいちばんさきに自分《じぶん》に話《はな》してくれてもよかったのじゃないかというような気《き》がしていたのだが、いつか、これでいいんだという気持《きも》ちになっていた。

広一《こういち》は横《よこ》の香川《かがわ》みどりを見《み》た。最近《さいきん》はすっかり、もとのみどりにもどっていたのだが、このことでまたショックを受《う》けるのじゃないかと思《おも》ったからであった。

だが、みどりは広一《こういち》に軽《かる》い微笑《びしょう》を返《かえ》しただけであった。そこには、自分《じぶん》の気持《きも》ちというものを、自分自身《じぶんじしん》で整理《せいり》することのできた者《もの》だけに見《み》られる、あの晴《は》れやかさがあったのだ。

悩《なや》み苦《くる》しんでいたみどりは、きっと典夫《のりお》の帰還《きかん》を頂点《ちょうてん》として、そこで自分自身《じぶんじしん》を取《と》りもどしたのにちがいない。中学《ちゅうがく》二年生《ねんせい》のクラスメートとしての関係《かんけい》の限界《げんかい》というものを、彼女《かのじょ》は自分《じぶん》にいい聞《き》かせて、なんとかしてもとの自分《じぶん》にかえろうとしたにちがいない。もちろん広一《こういち》の気《き》のせいか、そうしたみどりの顔《かお》には、まだかすかにさびしそうな影《かげ》はただよっていたものの、どうやらもうそれほど心配《しんぱい》することはないように見《み》えるのだった。

クラスの全員《ぜんいん》がそれぞれ自分《じぶん》の感慨《かんがい》をかみしめているとき、廊下《ろうか》のほうから授業《じゅぎょう》の終《お》わりを告《つ》げるベルの音《おと》が流《なが》れてきた。

いつもの習慣《しゅうかん》どおり、校門《こうもん》を出《で》るときには、広一《こういち》と典夫《のりお》とみどりは、いつか肩《かた》を並《なら》べていた。

「あんなかたちで発表《はっぴょう》したこと、悪《わる》かったかもしれないな。」

と、典夫《のりお》はいった。

「でも、そのほうがなんとなくいいような気《き》がしたんだ。」

「わかってるわ。」

みどりがさえぎった。

「いままでのあなたは、まるで堅《かた》いからの中《なか》にはいっていたようだった。それが、このごろは進《すす》んでみんなといっしょにやっていこうとする……その表《あらわ》れだと思《おも》っているわ。」

「そうか。」

典夫《のりお》はうなずいた。

「わかってくれたのか。」

広一《こういち》は何《なに》もいわなかった。いう必要《ひつよう》がないように思《おも》えたのだ。かわりに、なにげなく話題《わだい》を転《てん》じたのである。

「もうすぐ学年末《がくねんまつ》試験《しけん》だぞ。」

「そうなんだ!」

典夫《のりお》は快活《かいかつ》に答《こた》えた。

「がんばろう！」

三人《にん》は、まるで申《もう》し合《あ》わせたように、校門《こうもん》を出《で》たところで立《た》ちどまった。振《ふ》り返《かえ》った校舎《こうしゃ》の早咲《はやざ》きのサクラは、もうちらほらと咲《さ》きはじめていた。

（おわり）

青《あお》い鳥《とり》文庫《ぶんこ》版《ばん》刊行《かんこう》にあたって

眉村《まゆむら》　卓《たく》

この話《はなし》を書《か》いたのはだいぶまえのことなので、いまの時代《じだい》から見《み》てどうも具合《ぐあい》が悪《わる》いなと思《おも》ったところは、それなりに手《て》を入《い》れました。それでもまだ不充分《ふじゅうぶん》かもしれません。

ただ、全体《ぜんたい》の作《つく》りは、もとのままです。作者《さくしゃ》としてはそれでいいと考《かんが》えていますし、お読《よ》みになるかたに楽《たの》しんでいただけるだろうと信《しん》じていますから……。

そして、じっくりと読《よ》みなおしているうちに、私《わたし》は、現代《げんだい》の世《よ》の中《なか》のありようと重《かさ》ねあわせて、つい、ふたつのことを考《かんが》えてしまいました。

まずは、自分《じぶん》と違《ちが》う人々《ひとびと》や自分《じぶん》が考《かんが》えもしなかったような事柄《ことがら》に対《たい》して、人《ひと》はどうあるべきかということです。自分《じぶん》と異質《いしつ》のものを排除《はいじょ》し、のけものにするのは、気《き》がらくだし、めんどうなことを考《かんが》えずにすむでしょう。けれどもそれでは、小《ちい》さく固《かた》まってしまうだけではないでしょうか。新《あたら》しいものを自分《じぶん》の心《こころ》の中《なか》に取《と》り入《い》れて可能性《かのうせい》を広《ひろ》げるためには、もっと好奇心《こうきしん》や受容力《じゅようりょく》を持《も》たなければなりません。実際《じっさい》、私《わたし》は、昔《むかし》はそれほどと思《おも》わなかった人《ひと》が、年月《としつき》のうちに考《かん》え方《かた》の幅《はば》を広《ひろ》げ、才能《さいのう》を発揮《はっき》し、魅力的《みりょくてき》になった――という例《れい》を、数多《かずおお》く見《み》てきました。自分《じぶん》とは異《い》質《しつ》の人々《ひとびと》からいろいろ学《まな》びとり、知《し》らなかった世界《せかい》をわがものにしてきたからです。生《い》きてゆくためには、みんなと合《あ》わせることも必要《ひつよう》ですが、同時《どうじ》に、自分《じぶん》だけの自分《じぶん》を、周囲《しゅうい》や世《よ》の中《なか》をこやしにして作《つく》りあげる努力《どりょく》をつづけることを忘《わす》れてはならないのでしょう。

それともうひとつ申《もう》しあげたいのは、人間《にんげん》どうしが直接顔《ちょくせつかお》を合《あ》わせることの重要《じゅうよう》さです。現代《げんだい》では、メールやファックスでのやりとりが多《おお》くなり、顔《かお》つきあわせての論議《ろんぎ》とか会話《かいわ》がへってきました。たしかに、直接《ちょくせつ》のつきあいとなれば、わざわざ機会《きかい》を作《つく》らなければならないし、しばしば、うっとうしくもあるでしょう。これからはますます直接《ちょくせつ》のコミュニケーションというものは敬遠《けいえん》されることになるかもしれません。未来《みらい》には、実際《じっさい》に人間《にんげん》どうしが会《あ》うのはよほどの場合《ばあい》だけだとか、他人《たにん》の表情《ひょうじょう》を読《よ》みとるのが特殊技術《とくしゅぎじゅつ》になる――というような物語《ものがたり》さえあるほどです。

しかし、人間《にんげん》の表情《ひょうじょう》や動作《どうさ》、言葉《ことば》の調子《ちょうし》といったものは、無数《むすう》の情報《じょうほう》を含《ふく》んでおり、出会《であ》っている者《もの》は、はっきり意識《いしき》していなくても、その情報《じょうほう》を受《う》けとめているはずです。また、手《て》をつかまれたりなぐられたりする距離《きょり》に自分《じぶん》がいることで、相手《あいて》との関係《かんけい》も真剣《しんけん》にならざるをえないでしょう。他人《たにん》がどう感《かん》じており、自分《じぶん》がどう思《おも》われているかを知《し》るには、直接《ちょくせつ》のコミュニケーションを大切《たいせつ》にすることです。これを本気《ほんき》でつづけるのが、人間《にんげん》が人間《にんげん》になることだといえます。

あまりぴんとこなかったかもしれませんが、もしもよければ、この本《ほん》を読《よ》んだあとに、こうした事柄《ことがら》を考《かんが》えてくだされば、作者《さくしゃ》としてこんなにうれしいことはありません。

※二〇〇四年《ねん》の青《あお》い鳥《とり》文庫《ぶんこ》版《ばん》刊行《かんこう》時《じ》の「まえがき」から再録《さいろく》いたしました。

＊著者紹介

眉村《まゆむら》　卓《たく》

1934年大阪生まれ。作家。大阪大学経済学部卒業。1961年「ＳＦマガジン」のコンテストに応募した『下級アイデアマン』が佳作入選し、作家活動に。1979年『消滅の光輪』で泉鏡花文学賞受賞。手がけた作品に、『ねらわれた学園』『なぞの転校生』『ねじれた町』など、日本を代表するＳＦジュブナイルの傑作が数多くある。日本ＳＦ作家クラブ名誉会員。

＊画家紹介

れい亜《あ》

イラストレーター。書籍の挿絵などで幅ひろく活躍中。『リベリオ・マキナ　―《白檀式》水無月の再起動―』（電撃文庫）、『リオランド』（角川スニーカー文庫）など。

＊編集協力／広上《ひろがみ》智《とも》依《い》

この作品は『なぞの転校生』（二〇〇四年二月十三日発行　講談社青い鳥文庫）の新装版です。

講談社　青い鳥文庫

なぞの転校生《てんこうせい》（新装版《しんそうばん》）

眉村《まゆむら》　卓《たく》

2004年２月13日　第１刷発行
2013年12月13日　第10刷発行
2019年11月15日　新装版　第１刷発行

（定価はカバーに表示してあります。）

発行者　渡瀬昌彦

発行所　株式会社講談社
東京都文京区音羽2-12-21　郵便番号112-8001
電話　編集（03）5395-3536
販売（03）5395-3625
業務（03）5395-3615

N.D.C.913　206p　18cm

装　丁　大岡喜直（next door design）
久住和代

印　刷　図書印刷株式会社

製　本　図書印刷株式会社

本文データ制作　講談社デジタル製作

ISBN978-4-06-516288-0

「講談社《こうだんしゃ》 青《あお》い鳥文庫《とりぶんこ》」刊行《かんこう》のことば

太陽《たいよう》と水《みず》と土《つち》のめぐみをうけて、葉《は》をしげらせ、花《はな》をさかせ、実《み》をむすんでいる森《もり》。小鳥《ことり》や、けものや、こん虫《ちゅう》たちが、春《はる》・夏《なつ》・秋《あき》・冬《ふゆ》の生活《せいかつ》のリズムに合《あ》わせてくらしている森《もり》。森《もり》には、かぎりない自然《しぜん》の力《ちから》と、いのちのかがやきがあります。

本《ほん》の世界《せかい》も森《もり》と同《おな》じです。そこには、人間《にんげん》の理想《りそう》や知恵《ちえ》、夢《ゆめ》や楽《たの》しさがいっぱいつまっています。

本《ほん》の森《もり》をおとずれると、チルチルとミチルが「青《あお》い鳥《とり》」を追《お》い求《もと》めた旅《たび》で、さまざまな体験《たいけん》を得《え》たように、みなさんも思《おも》いがけないすばらしい世界《せかい》にめぐりあえて、心《こころ》をゆたかにするにちがいありません。

「講談社《こうだんしゃ》 青《あお》い鳥文庫《とりぶんこ》」は、七十年《ねん》の歴史《れきし》を持《も》つ講談社《こうだんしゃ》が、一人《ひとり》でも多《おお》くの人《ひと》のために、すぐれた作品《さくひん》をよりすぐり、安《やす》い定価《ていか》でおおくりする本《ほん》の森《もり》です。その一さつ一さつが、みなさんにとって、青《あお》い鳥《とり》であることをいのって出版《しゅっぱん》していきます。この森《もり》が美《うつく》しいみどりの葉《は》をしげらせ、あざやかな花《はな》を開《ひら》き、明日《あす》をになうみなさんの心《こころ》のふるさととして、大《おお》きく育《そだ》つよう、応援《おうえん》を願《ねが》っています。

昭和《しょうわ》五十五年《ねん》十一月《がつ》

講談社